Editeur : ClemGab Lussac 33570

ISBN (version papier) : 9798728405276

Dépôt légal : mai 2021

Imprimé à la demande par Amazon

A tous ceux qui ont été là, à ceux qui sont encore là et qui m'ont soutenue et supportée.

A tous ceux que j'ai rencontrés dans l'après.

Merci.

Chapitre 1

Avant / Pendant / Après

Le drame.

Tout est une question de temps, de patience,

d'amour et de résilience.

Pendant

Je me réveille dans mon lit chez mes parents. J'ai réussi à dormir. On est l'après-midi.

Je ne veux pas me lever.

Je veux rester sous cette couette où j'ai chaud malgré le soleil d'août, je suis bien, comme en sécurité... Enveloppée. Je veux me rendormir là-bas où la réalité n'est pas. Certains l'appellent le sommeil refuge, je crois. C'est un bon refuge. Mais je sais au fond de moi que ce n'est pas bien, pas bon pour mon équilibre.

Puis, j'entends une voix familière : mon père, Gaba. Il vient et me dit tendrement de me lever, lui qui paraît si fort, si rassurant, si impassible parfois... Cet homme, cette boule de vitalité qui malgré ses soixante-cinq ans travaille encore, avec un corps athlétique, un mordu de sport et de travail. Un ancien, de ceux qui veulent passer pour des durs, qui ne discutent pas. Pourtant, il est là près de moi, plein d'amour et de compassion, il me dit de sortir de mon lit, d'aller prendre l'air, le soleil : « *Magda, ma chérie, toi qui aimes ça, va bronzer* ».

Je me lève comme robotisée et vais dehors mais je ne suis pas là. Cette fois, la chaleur que j'aime tant, comme il le dit souvent, celle du soleil sur la peau, ne me fait ni chaud, ni froid.

Les minutes passent, les secondes, les heures, oui tout se mélange.... Le mal, la souffrance n'ont pas de temps, de limite, d'horaire... C'est là, bien là, au fond du ventre, du cœur, des tripes.

Avant

Ça y est ! C'est le grand soir. J'ai rencard.

Comment vais-je m'habiller ?

Que va-t-on se dire ?

Que va-t-on faire ?

J'ai faim ! Non je n'ai pas faim, si … bon arrête de te poser 46000 questions, vas-y tranquille !!! Enfin avant de partir, maquille-toi l'autre œil, tu auras l'air moins idiote.

De toute façon, il va faire comme l'autre fois et annuler. Un tocard !

En voiture à 20H30

Je vais être à la bourre, c'est sûr ! Je sors juste d'un chantier, le temps que je rentre, que je me lave et que je reparte, cela va lui faire trop tard. J'annule.

Après un temps de réflexion :

Non ! Je ne peux pas encore me défiler, pas une seconde fois. Je vais au moins la prévenir et elle, elle annulera peut-être.

Pendant

Moment en suspens… Comme dans les films où les acteurs sont en arrêt : plus de son, plus d'image puis... le flou !

Je ne me rends pas compte. Ils s'approchent de moi, me parlent, je n'entends pas : black-out éveillé.

Vous me frôlez, je reviens. Vous m'embrassez, me câlinez, me soutenez, me cajolez comme une enfant... Je me sens bien quelques secondes puis je repars dans mon abîme.

Jour J

Cette journée, pourtant, avait tout pour être parfaite. Soleil, vacances d'été, préparation en famille d'un grand repas, « une cousinade ». Je me revois me lever tout heureuse et enjouée dans la maison familiale où j'ai grandi avec mes parents et mes frères.

Cette maison à la campagne située à Lussac, non loin de Saint-Emilion en Gironde, entourée de vignes, de chemins de terre où j'aime tellement courir et me balader. Ce foyer où je me sens en sécurité.

Mes souvenirs d'enfance s'assimilent à des odeurs, des bruits comme celui du café qui coulait le matin quand mes parents se levaient, celui des bols qui s'entrechoquaient, du grincement de la porte de la cuisine qui se fermait pour tenter de nous préserver. Sans succès, quand mon père qui est loin d'être délicat, marchait fort sur les talons comme pour marquer son empreinte, ma mère, qui tentait de chuchoter le rappelant à l'ordre. Ma mère, Josie, Jojo ou Jo selon qui l'interpelle, cette femme, perçue et décrite comme froide au premier abord. Pourtant, elle est si drôle, attentionnée, elle pleure quand elle rit. Ses rides au coin des yeux et des lèvres le prouvent. C'est ma mère, elle est forte, réconfortante. La décrire me remplit de joie et je sais qu'elle pleurera en lisant cela. Elle est quelque peu sensible et entière. Dois-je la remercier de toutes « ses qualités » qu'elle m'a transmises ? En tout cas, quand elle lira le surnom « Josie », elle dira : « oh putain... Tu sais que je déteste qu'on m'appelle ainsi ! ».

Dans cette maison comme dans chacune, vivent des personnes. Une famille est hantée par des tas de souvenirs, d'anecdotes bonnes ou mauvaises, heureuses ou malheureuses tout dépend l'importance que l'on porte aux événements. Avec mes deux grands frères, Thom et Manau, on a créé des histoires, on en a élaboré des plans, des stratégies, on en a fait des bêtises juste pour faire râler Jo et Gaba. Lors des hivers rudes où le froid s'installait, où le soleil se couchait trop tôt, on réquisitionnait le couloir pour jouer au football avec un ballon en mousse. Un couloir qui desservait nos deux chambres et avec au bout les WC qui se transformait en cage de but rendant impossible son utilisation première, lors d'un match de qualité où l'on commentait nos actions, qui en réalité n'en étaient absolument pas, qu'on se le dise. Comment voulez-vous jouer convenablement dans un couloir large d'un mètre et long de cinq ? Jo et Gaba gueulaient. Ils enlevaient les traversins qu'on avait mis en guise de camouflage pour limiter le bruit et pour délimiter le terrain.

Pour gueuler, ils gueulaient, mais finalement avec Thom, encore aujourd'hui, quand on parle de ces moments glorieux, ils en rient et alors on se regarde avec complicité. On leur dit avec fierté qu'heureusement qu'on a, parfois, défié leur autorité parentale. Sinon, qui aurait créé tous ces souvenirs ?

Thom, c'est mon grand frère. Il a quatre ans de plus. Notre relation a toujours été tumultueuse. Deux caractères, deux visions, deux évolutions. Une trop grande sensibilité qu'il a du mal à gérer mais une force de caractère qu'il ne soupçonne pas, qui est pourtant si visible quand on le connaît. Entre guerres et réconciliations, notre complicité est à la hauteur de nos différences.

Manau, notre « petit » Manau. Pourquoi petit si c'est mon grand frère ? Pas par sa taille…quoi que, mais parce que sa vulnérabilité nous impose de le protéger, de le materner. Pourtant, souvent il nous rappelle que son existence et son unicité ne réclament pas, peut-être, autant de protection.

« *Je ne suis pas ordinaire mais extraordinaire* ». Le jour où cette phrase est sortie de sa bouche, j'ai littéralement éclaté en sanglots. Lui ! Capable de sortir cela ? Pourtant qualifié et catégorisé de personne différente. Oui, Manau a aussi du caractère. Handicap ou pas, trisomie ou pas, trisomie 21 ou pas… Il l'a dit et il a cloué tout le monde.

Avant

-Magda ?

-Pourquoi tu m'appelles ? Je suis là, en face de toi.

-Magda ?

Alors là, je te regarde, je ne comprends pas... Et là, révélation ! Bordel, je réalise, donc j'obéis.

-Quoi ?

-Je t'aime.

Jour J

Tout le monde est là, les cousines, les cousins, les petits-cousins, chacun s'agite, rigole, se vanne, s'enlace... Ma cousine Nanie est là. Neuf années de différence, ma grande cousine avec qui j'ai grandi, qui venait me garder tous les étés, avec qui je dormais, qui m'a tellement appris et aimée. Cette cousine que j'idéalisais, qui était mon modèle quand j'étais adolescente. Un amour inconditionnel.

On papote en préparant une énorme salade, je me revois couper les olives en pensant à toi, regardant l'horloge accrochée depuis des lustres à l'un des murs de la cuisine. Je décompte les heures qui nous séparent. Il me tarde que tu rencontres tout le monde. C'est le grand jour. Enfin, c'était censé être le grand jour.

Toi, qui ne viendras jamais nous rejoindre.

Toi qui ne répondras plus jamais au téléphone.

Les minutes passent, les heures sans nouvelles, ce n'est pas dans ton habitude.

Ton téléphone sonne dans le vide. Es-tu parti en l'oubliant ? Mais tu devais me prévenir quand tu partais. C'était une habitude. Je tente d'être rationnelle. Il faut une heure à moto entre chez nous à chez mes parents mais cela fait déjà deux heures que je n'ai pas de nouvelle.

Ma mère tente de me rassurer :

-Mais ma biche, voyons, tu t'inquiètes pour rien. Il a oublié son téléphone, tu le connais maintenant.

Mais je le sens et je ne peux pas le dire. Personne ne me croira... pas même moi. Une intuition, une mauvaise intuition. Comment s'écouter quand de telles idées nous hantent ?

Puis tout s'accélère, enfin de manière hachée. Je revois encore très clairement les événements défiler de manière chronologique comme si je pouvais les noter sur un post-it, comme on note une recette de gâteau à la va-vite. Je me vois dans tous mes états à ne plus savoir où donner de la tête mais surtout je tente de me contrôler pour ne pas me laisser submerger par cette inquiétude dévorante qui me prend dans ses bras.

Tant pis si j'inquiète les gens pour rien. Tu ne réponds pas au téléphone, tu n'es pas là, près de moi comme prévu.

L'attente est interminable.

Son meilleur ami Lio se rend donc à notre appartement : volets fermés, la moto n'est plus à son emplacement. Je n'ai qu'une seule idée en tête, y aller, te voir, te retrouver mais avant je prends l'annuaire, comme quoi parfois, le cerveau est complexe. Ma cousine et son copain me conduisent. Malgré la fête, elle tient à être là. Elle me prend au sérieux. Une heure de route, je regarde sur les bas-côtés, en même temps j'appelle les hôpitaux, les morgues, les forces de l'ordre... Je me sens et me pense folle.

L'engrenage est lancé, cet engrenage où l'on se laisse porter par son instinct.

Lorsque j'ai un policier au téléphone, je le sens très intéressé par mon alerte. Il me demande de manière très attentive et posée :

« *Redonnez-moi son identité mademoiselle s'il vous plaît ?*

Sa date de naissance ? Sa taille ?

Depuis quand vous n'avez plus de nouvelles ?

Donnez-moi son numéro de téléphone ? »

Cherche-t-il des informations ? En ont-ils déjà ? Lui ne me dit rien, je dois livrer des informations mais lui reste interdit.

L'imagination marche à plein régime. Des tas de scénarios me traversent l'esprit.

Je tente de tout garder pour moi mais je dois passer pour une dingue.

Quatre heures déjà de passées sans aucune nouvelle.

Arrivée devant l'appartement, j'ai peur mais pas le temps de réfléchir, je ne veux pas... Nanie se veut rassurante, constante... Solide.

Que vais-je trouver ?

Le bordel. Inhabituel. Toi si ordonné ! Et là, véritablement là, je sais. Au fond de moi, je sais. J'observe, je note, et je parle tout haut. J'énumère.

« Ne touchez pas, il ne faut pas d'ADN, il ne faut pas... », je prononce cette phrase, sans bien comprendre pourquoi. « *Tout va être passé au crible...* » Si seulement je pouvais m'être trompée. Si seulement.

Je me revois tout analyser comme si j'étais enquêtrice. Je suis une professionnelle qui vient inspecter un lieu, une scène de crime... Ton téléphone est là. Ton casque de moto non, mais ton manteau si. Bizarre, hier soir il pleuvait ! Depuis quand es-tu parti ?

Une assiette à moitié remplie traîne sur la table basse avec un verre d'eau et la carafe à côté. Le couteau est à terre, la cuillère pleine dans l'assiette. Tu as dû partir précipitamment.

Sur notre lit, mon ordinateur et le tien sont en veille... Pourquoi ? Je rentre les deux codes et une même adresse apparaît... Un itinéraire que je ne connais pas. Tu dois être là-bas ! Mais pourquoi ?

Je ne le saurai jamais et étrangement, je m'en fous. Ton téléphone est sur le sol au milieu de notre chambre. Je l'attrape et voit « 102 appels en absence ». Tes proches ou moi très certainement.

Mon téléphone sonne, je m'empresse de regarder l'écran espérant que ton nom apparaisse alors que je tiens encore ton téléphone à la main.

C'est la police.

Ils n'avaient, dans un premier temps, pas d'information mais ils me rappellent et me reposent des questions... Etrange... Ils s'intéressent mais ne peuvent, une nouvelle fois, rien me dire... Je sais qu'il y a eu quelque chose, je le sais, je le sens.

« *Vous n'avez aucun lien de parenté avec cet homme, Mademoiselle, donc même si nous avions des informations, nous ne pourrions pas vous les communiquer* ».

J'en reste sans voix. Ils ont une information. Ils savent. Oh, sentiment d'impuissance et de frustration ! Je ne peux rien savoir parce que nous n'avons pas de document officiel qui scelle notre amour. Nous n'en avons pas besoin pour prouver une relation, des sentiments. Mais aux yeux de la justice, si !!!

Je le supplie, je lui ordonne même de me dire. Gêné et compatissant, il me demande le numéro de sa mère et de son père.

En partant de l'appartement, je sais que je n'aimerai plus cet endroit pourtant si douillet, si aimant, si protecteur. Le Nôtre.

Ses amis, alertés et inquiets face à mes appels, se sont rejoints devant chez sa mère qui est absente. On est là, comme des cons sur un trottoir à Bordeaux. Je ne suis déjà plus moi-même. Je raconte encore la même chose, le même déroulement, mon inquiétude. Je ferme les yeux pour tenter de retrouver mes esprits, une certaine paix. Elle ne reviendra pas de sitôt.

Déjà sept heures que je m'inquiète.

L'inquiétude est un sentiment si désagréable. Vous savez, dans ces moments-là, on extrapole face à une crainte, une absence de réponse. Elle occupe alors toute la place, on a beau se rassurer, rien n'y fait !!! Elle s'installe !

La machine de l'imagination, la fameuse, s'actionne et là c'est le tapis rouge pour les angoisses, les peurs et les scénarii sans fin. Celle-là n'avait rien d'exagérée, d'inventée, de loufoque, tout s'est vérifié...malheureusement.

L'attente est interminable. Sept longues heures.

Avant

Le soleil est radieux. Tu es radieux. Ma main se balade dans ton cou, te caresse et dès qu'elle s'arrête tu secoues la tête pour en réclamer d'autres. Tu conduis, direction le Médoc pour la grande rencontre avec tes amis. Je suis complètement stressée.

Je me raisonne : « Magda détends toi, tout va bien se passer, réfléchis avant de parler et ne fais pas de boulette ».

On passe en revue la vie de ses amis présents ce soir, pour éviter que je ne sorte « *des énormités grosses comme toi* », comme disait ma mère quand j'étais petite.

Une fois apaisée, voilà que tu me dis avec un sourire en coin :

« Ils savent que tu aimes le punch, du coup ils t'en ont fait. Cela tombe bien, je ne t'ai jamais vue bourrée ».

Oh le bordel ! Non Magda, tu ne danseras pas sur la table !! Oui mais le punch quand même, suffit pour qu'il y ait de l'ambiance, c'est foutu. Pourvu que je ne chante pas en anglais...

J'ai, tout de même, fini debout sur la table avec la bouteille de ketchup en guise de micro, à danser et chanter façon yaourt sur la célèbre chanson d'Omi, « Hula hoop », accrochée au bras de ta pote.

Tu me tends la main et me tire vers toi : « Viens là que je t'embrasse... J'aime quand tu es si joyeuse... Ton sourire est à croquer ».

La suite n'est pas belle à raconter...enfin toi tu l'as raconté à tout le monde, tellement j'étais drôle apparemment. Laisse-moi te dire que cela ne me fait toujours pas rire... Tout le monde peut avoir une indigestion à l'alcool. Je soupçonne même une allergie au punch.

Jour J

J'arrive devant chez ta grand-mère à Talence. Tout le monde est là, ton père, tes oncles, certains de tes amis. Ils pleurent. Mika tourne la tête en me voyant. Lio évite de me regarder. Ina se précipite sur moi, notre étreinte est à la fois chaleureuse et douloureuse.

Merde, qu'est ce qui se passe ?

L'attente est interminable. Sept longues heures.

Puis le supplice se termine. Ton oncle s'approche : « *Il est mort !!* » Ces trois mots reviennent en boucle dans ma tête. Un cri rauque et primaire sort de mon corps. Pas toi ! Impossible ! Pas nous !

Depuis le début, elle est là, elle me soutient... Nanie est solide face à moi, qui ne suis déjà plus là, un pantin désarticulé. Elle me tient et me porte aussi bien physiquement que moralement. Je hurle. Un bout de moi est parti dans ce cri. Sa présence m'est indispensable à ce moment-là.

A bien y réfléchir, je me sens ridicule. Je ne me contrôle plus. Je ne sais plus quoi faire de mon corps. Je me vois comme dans ces films où le mort voit son corps allongé par terre. Je me vois assise, puis me relever et hurler.

J'ai froid alors qu'il est quinze heures en ce jour d'août et que le soleil brûle. C'est la seule sensation que je ressens : j'ai froid.

Je déambule, marche sur la route, quelqu'un me met sur le côté. Mes parents arrivent, se garent sur la route. Mon père, en tête, court pour me serrer dans ses bras. Ma mère suit. Ils m'enlacent et me portent. Les voir pleurer, me serrer comme s'ils pouvaient me faire sortir le mal... Me faire oublier... Me rend... Tellement vulnérable !!!!

-Ma pauvre chérie !! Tu vas passer des heures difficiles, des moments atroces mais tu vas te relever, tu n'as pas le choix, pour nous, pour toi, pour lui. On sera là, me disent-ils.

Mon père va prendre dans ses bras ton père qui est anéanti, assis contre la murette. Moi je ne peux pas. Je ne veux être qu'avec mes proches. Je ne peux pas lui apporter de soutien, je n'en ai pas. Je n'ai plus de consistance.

Il en est de même avec ta sœur, Mia. C'est beaucoup plus difficile, j'ai vécu avec elle. Je l'aime.

D'autres amis arrivent... Leurs pleurs, leur compassion, leur soutien, me réconfortent.

Marina et Cha arrivent à leur tour, leurs visages baignés de larmes. Elles se tiennent la main. Elles m'enlacent. Mes amies de Bordeaux. On forme un trio infernal, encore plus à ce moment précis où encerclée par leurs bras, je me sens en sécurité.

Mia vient timidement vers moi. Etrangement, on ne pleure pas tout de suite. On se dit, comme si on était dans notre bulle loin de cette scène cauchemardesque, qu'on va se relever pour toi. Elle ne lâche plus ma main durant les jours qui suivent, on est inséparables. Elle dormira chez mes parents avec moi et sera consolée par mes proches.

La scène est une horreur. Des cris, des hurlements, des pleurs incontrôlés. Je me bouche les oreilles et je ferme les yeux.

Une petite voix interne me dit : « *Tu n'es pas seule tu vois* », puis elle disparaît laissant place au trou noir.

La vérité ? Je suis terriblement seule, si.

Pendant

Il fait noir, froid et il fait mal.

Je suis dans la douche mais l'eau n'est même pas allumée. Est-ce que je suis déshabillée ? Je ne sais même pas. Je m'assois, je colle mon dos contre le mur en carrelage de la douche. J'ai froid, je grelotte. J'ai mal.

J'entends la porte d'entrée de chez mes parents qui s'ouvre et qui se ferme. Des gens rentrent mais personne ne ressort. Il n'y a pas de joie, d'éclats de rire comme d'habitude.

Rien ne sera plus comme d'habitude dorénavant.

Je n'ai plus la notion du temps et je m'en fous.

Quelqu'un vient toquer à la porte, je réponds certainement quelque chose mais je n'en ai pas conscience. Elle rentre. C'est ma tante Marta, elle referme la porte derrière elle, sans rien dire, et vient se caler derrière moi dans la douche. Elle m'enveloppe. J'entends nos pleurs mais je n'ai pas conscience que je pleure. Quand vais-je sortir de cette bulle d'enfer ?

Avant

Je marche à tes côtés au milieu de la route. Nous rentrons de soirée.

Je suis souriante. Souriante que dis-je, je suis émoustillée, comme enivrée de toi. Je suis heureuse de partager cette vie avec toi. On fait des plans sur la comète, on s'évade.

Puis, retour à la réalité, tu me parles de mes rideaux. Pourquoi tu me parles de mes rideaux ? Ce n’est pas parce que tu es venu t'installer chez moi que tu dois tout régenter non !

Ha ! Tu veux en mettre sur la petite fenêtre car les voisins nous voient. Ok, je me détends alors. Je n'ai jamais habité avec quelqu'un, je ne sais pas faire moi. Je préserve mon territoire, même mes rideaux.

Tu t'arrêtes, tu me fais face, tu me regardes et tu m'embrasses délicatement. Tes doigts parcourent mon cou et m’entraînent vers toi. Nous nous étreignons au milieu de la route sous un ciel de printemps parsemé d'étoiles. Magique !!! Je lâche prise. J'abandonne cette méfiance, cette prudence et me laisse totalement aller. Plus besoin de me mentir, de cacher mes sentiments à ton égard.

Pendant

Après

Le vide, le rien dans ce silence puis la douleur. Le manque. Le déni, l'incompréhension malgré le soutien des proches.

Avant

Un matin dans ma voiture, au téléphone avec toi, sur la route du boulot :

-Bon, j'ai un retard de règles.

-Tu flippes toujours quand tes règles arrivent en retard.

-Je vais quand même faire un test.

-Demande un abonnement à la pharmacie alors.

-Arrête, je me sens rassurée ainsi.

-No panic, achète-le et tu le feras ce week-end, on sera ensemble.

Négatif. Ouffff ! on n’est pas prêt.

-Plus tard hein ?

-Mais oui ma chérie, ne t'inquiète pas, on a tout notre temps.

Pendant

Premier réveil

Je me réveille comme shootée, l'esprit embrouillé alors que je n'ai jamais pris de drogues. Tout est calme. Je reprends mes esprits. Je suis chez mes parents. Mais pourquoi ?

Je tourne la tête et Mia dort à côté de moi dans mon lit chez mes parents. Mais qu'est-ce qu'elle fait là ? Il est quelle heure ? J'ai mal à la tête.

Marina arrive de la chambre d'à côté et me caresse la tête, me dit de me rendormir.

Mais qu'est-ce qu'elle fait là ?

Je te cherche. Puis, d'un coup, brutalement, je me souviens. Tout me revient. Mon cœur s'accélère, la nausée me prend et je hurle.

État d'inconscience qui sera trop souvent fréquent d'où le retour à la réalité est si dur.

Je t'enlace avant que tu ne comprennes que je ne suis plus là. Avant que la réalité ne t'éclate en plein visage.

Tu ne me sens pas. Mais pourquoi ? Tu fais comme si je n'étais pas là. Moi je te vois. Ma sœur est à tes côtés, elle dort.

Tu sembles hagarde. Je me mets en face de toi, tiens ton visage entre mes mains mais tu ne cesses de t'agiter. Que cherches-tu ?

Marina arrive, tu comprends, cris et je disparais.

Je reviendrai plus tard.

Pendant

18h après la terrible nouvelle

-Bonjour Madame, je suis le brigadier Monsieur Etomo de la Police Nationale de Bordeaux. Je suis en charge de l'enquête suite au décès de votre ami. Vous auriez quelques minutes à m'accorder ?

-Bonjour Monsieur le Brigadier. Bien sûr ! J'espérais que vous m'appeliez. En savez-vous davantage ?

A l'évocation du grade de mon correspondant, ma mère, Cha, Marina, ma grand-mère, mes tantes présentes dans la pièce s'arrêtent, m'encerclent, m'enlacent, m'embrassent et enfin me laissent seule. Je vais alors m'isoler dehors sur les marches qui descendent vers la piscine chez mes parents.

Il a dû entendre les baisers et les encouragements car il laisse un silence et me demande si je suis disponible.

-Oui, c'est bon.

-Je vous présente, tout d'abord, toutes mes condoléances.

-Merci, dis-je la voix tremblante. Je le sens affecté par ma situation, par cette perte.

-J'enquête donc sur le décès de votre ami. C'est bien vous qui avez donné l'alerte ?

-Oui oui.

- Bon. Madame, je vais être honnête avec vous, nous suspectons un meurtre.

Entendre ce mot me fait l'effet d'une explosion à l'intérieur, mon cœur cogne, ma tête me fait mal. Je le fais répéter.

-Désolé Madame, de devoir vous annoncer cette terrible nouvelle mais étant donné le corps de votre ami retrouvé sur la voie publique et dans l'attente des résultats de l'autopsie, une enquête pour meurtre est ouverte en espérant que ce ne soit pas le cas, sinon cela voudrait dire que vous êtes, peut-être, en danger.

Silence.

Je ne pleure pas. J'ai l'impression d'avoir quitté mon corps. Après cette sensation d'explosion, je ne ressens plus rien.

Silence.

-Prenez votre temps surtout. Appelez un proche pour être auprès de vous.

Ma mère m'a déjà rejointe, elle est à côté de moi et ne dit rien, ne me regarde pas. Elle est juste là, m'enlace et cela suffit.

Le regard perdu et la main qui tient ma tête, je chuchote :

-Un meurtre ? accompagné d'un silence. Je veux vous rencontrer. Je veux que vous me posiez toutes les questions du monde. Je veux comprendre, je veux savoir pourquoi. Pourquoi lui ? Pourquoi là-bas ? Un meurtre vous dites ? Quelqu'un lui voulait du mal ? A lui ?

Nooon. Je sanglote. Puis, je pleure, suffoque… Un cauchemar !!!!

-Prenez le temps, nous pourrons nous voir demain ou après-demain, vous devez avoir des choses à …

Je le coupe.

-D'ici 14 heures je peux être à Bordeaux, vous seriez disponible ?

-Bien sûr. A 14h à l'Hôtel de Police de Bordeaux. Vous voyez où il est ?

-On n'habite pas très loin…enfin j'habite…

Je raccroche et décroche de la réalité. Je ne peux pas encaisser la nouvelle.

Je me réveille dans les bras de mon père. Ma mère est rentrée, pleure en silence, à l'abri de mon regard. Je le sais, elle fonctionne ainsi. Mais je suis rassurée, Marina est avec elle.

Ils ont tous entendu le mot « *meurtre* ». Pour eux aussi ça leur fait un choc, je le sais bien. L'ai-je vraiment entendu ? Est-il vraiment mort ? Mais non, je suis devenue folle c'est tout.

Je préfère devenir folle qu'être la compagne d'un homme tué.

Pendant

23h après la terrible nouvelle

Au poste de Police de Bordeaux.

Je suis assise en salle d'attente avec ma mère. Nanie et Thom nous attendent dehors, ils n'ont pas pu rentrer.

A l'intérieur, il y a beaucoup de monde, je me sens épiée. L'atmosphère est étouffante, j'espère qu'on ne va pas attendre longtemps, y a du monde partout, cela grouille et me donne le tournis. Je me sens déjà bien assez oppressée.

Un homme sort de l'ascenseur. Je le reconnais, c'est le brigadier, Monsieur Etomo. Il dégage cette gentillesse et cette douceur que j'ai perçues au téléphone. Il correspond totalement au flic que l'on décrit dans les thrillers : grand, mince, le regard averti et le visage fatigué de côtoyer, tous les jours et toutes les nuits, la noirceur de certains êtres humains anéantissant les autres êtres humains qui restent, souffrent et subissent.

-Madame bonjour. Me dit-il en me serrant la main.

Il me regarde dans les yeux et j'apprécie. Sa poignée de main est ferme. Je perçois déjà sa manière de travailler : droiture et professionnalisme. Il m'inspire confiance. C'est important de ressentir cela pour se livrer. Il semble réellement peiné pour moi et par cette situation.

Il salue ma mère et me demande de le suivre. Ma mère ne lâche pas ma main et s'interpose en imposant sa présence.

-Je suis désolée Madame mais l'interrogatoire ne doit se passer qu'avec votre fille.

-C'est avec moi ou rien. Lui dit-elle droit dans les yeux, les lèvres pincées.

Je l'implore du regard d'accepter.

Il secoue la tête, semble embêté. Il regarde autour de lui puis se dirige vers l'ascenseur, nous faisant alors comprendre son accord.

Dans l'ascenseur, l'ambiance est pesante. Je me sens étriquée. Je vais vivre un interrogatoire, normalement je les lis dans les polars que je dévore. Est-ce la même chose ?

A l'ouverture de l'ascenseur, je me laisse guider. On traverse un grand couloir encombré de papiers, de cartons, une imprimante crache des papiers en continu. Il dessert de nombreux bureaux d'où sortent des tas de sons tels que la sonnerie de téléphone, des talkies-walkies, des rires, des agacements. C'est très bruyant et intriguant à la fois. Mais ce qui retient d'autant plus mon attention, c'est cette odeur de « vieux », de papiers déchirés, de transpiration... comme si ce couloir ne respirait jamais.

Arrivé devant son bureau, il nous présente sa collègue qui va être présente lors de l’interrogatoire. Il ramène une chaise pour ma mère. Un bureau nous sépare du brigadier.

Sur le mur derrière lui est accroché une grande carte de la Gironde parsemée de punaises colorés. Son bureau est garni de feuilles volantes, de stylos sans bouchons, de la poussière est visible à côté de sa tasse qu'il ne doit pas avoir le temps de laver, ni de remplir d’ailleurs. Il voit que je regarde partout et se sent obligé de s’excuser pour le désordre.

Une fois assise et après avoir observé cet environnement, je le regarde, prends une grande inspiration et je le vois ouvrir le dossier avec ton nom écrit dessus.

Je souffle et m’affaisse sur mon siège. Mon cerveau se met à réfléchir à tout un tas de choses et des questions se bousculent. Qu'est-ce que je fais dans ce bureau ? Pourquoi il y a ton nom écrit là ? J’aperçois des bouts de photos. Une chaussure. Tes chaussures. Je détourne le regard. Si c’est toi allongé dans cette rue, je refuse catégoriquement de les voir.

Ma mère me ramène au moment présent en me pressant légèrement la main, qu'elle ne lâche pas.

Il prononce ton nom et parle de toi au passé. Il veut connaître notre histoire, il veut que je lui parle de toi.

Je me tourne vers ma mère et lui demande :

-Pourquoi parle-t-il de lui au passé ? Maman dis-moi.

Je vois son désarroi, aucun mot n'est prononcé mais ses bras m'entourent et je m'effondre. Je sais que je suis soutenue et portée. Je peux tout lâcher, je me sens en sécurité. Heureusement. Comment traverser toute cette épreuve seule ?

Toujours avec cette même gentillesse et douceur, il me demande si je veux revenir plus tard. Je me recentre, je me récupère, je retrouve une consistance et lui dis que je suis prête.

-Bien. Vous êtes sûre que la présence de votre mère ne va pas vous gêner ? Nous allons devoir vous poser des questions très personnelles. Le but étant que vous me parliez de lui, que j'apprenne à le connaître pour tenter d'appréhender sa personnalité et son fonctionnement. Toutes les informations sont importantes, même celles que vous pensez inutiles ou banales.

-D'accord. Allez-y, je n'ai rien à cacher, au contraire, je veux vous aider et comprendre.

-D'accord, alors parlez-moi de votre histoire d'amour ? Depuis combien de temps étiez-vous ensemble ? Comment vous êtes-vous rencontrés ?

-On s'est rencontré sur un site y a dix mois, en octobre 2014. Hier, cela faisait neuf mois. C'est drôle, c'est le temps de conception d'un enfant et j'avais fait un test de grossesse quelques jours avant.

Intérieurement, je me demande pourquoi je parle autant. Il s'en fout, non ? Les mots sont sortis sans que je n'ai eu le temps de réfléchir.

Il acquiesce tout en prenant des notes et poursuit :

-Parlez-moi de lui ? De votre relation ?

-Lui ? C'est un homme bon, profondément gentil, sensible. Il a une mauvaise estime de lui-même. C'est certainement dû à sa vie difficile à Anjouan aux Comores, et à ses relations difficiles avec sa mère et son père adoptif. D'ailleurs, vous les avez interrogés ?

-Sa mère non et son père oui. C'est lui qui l'a identifié. On doit le rencontrer rapidement. Je voulais d'abord vous rencontrer vous, qui viviez avec lui et qui avez donné l'alerte.

-D'accord, merci de m'accorder du temps et d'écouter ma parole. Je n'ai pas de place dans cette histoire, n'ayant pas de lien officiel avec lui.

-Revenons à votre relation et après vous me parlerez des rapports avec sa mère et son père adoptif, vous voulez bien.

-Oui bien sûr. Notre relation a commencé doucement. On ne se projetait pas, on vivait un début de relation classique. On se voyait régulièrement, il venait chez moi, j'étais en colocation à cette époque près de la gare de Bordeaux. Lui, vivait dans une maison à Saint-Augustin qui appartenait à un de ses cousins. Il travaillait beaucoup étant plombier mais progressivement, il a levé le pied pour que l'on passe du temps ensemble.

On aime être ensemble...enfin aimait.

Un silence s'installe.

Ma mère se cache le visage pour pleurer en silence, Monsieur Etomo respecte ce silence et sa collègue détourne les yeux. Je vois que ma situation la touche. J'ai envie de lui dire que ça va aller, alors que rien ne va. Pourquoi je ressens ce besoin de camoufler et d'être en empathie même à ce moment-là ?

Je reprends posément.

-J'ai 25 ans dans un mois et oui, je m'imaginais continuer avec lui. Il connaissait mes parents, mes frères, ma famille, mes amies. Il était reconnu dans mon monde et avait entièrement sa place. A aucun moment, je n'ai décelé de trucs louches, d'attitudes étranges pourtant, je suis éducatrice spécialisée et je réalise des mesures judiciaires d'investigations éducatives. Mesures où nous rencontrons des familles, des parents, des enfants dans le cadre d'entretiens où il faut investiguer afin d'évaluer la notion de danger de l'enfant dans son foyer. Je pense alors être aguerrie et savoir déceler les défaillances, failles, postures inadaptées et interrogeantes chez l'être humain. Certainement pas toutes, je n'ai pas la prétention de tout savoir et je ne suis pas psychologue ou psychiatre mais certaines ne trompent pas et laissent entrevoir des dysfonctionnements et des personnalités questionnantes.

-D'accord merci pour ses précisions. Rien chez lui en étant le plus neutre possible, bien évidemment, ne vous a donc alerté ?

-Rien non. Il était honnête et entier. Après, en neuf mois on connaît, finalement, peu la personne, mais rien ne me laisse penser qu'il était louche. Pas au point où on m'annonce qu'il est retrouvé mort dans la rue, tout seul, sous la pluie, dans un endroit non familier et qu'une enquête pour tentative de meurtre soit ouverte et que je me retrouve devant vous.

-Je comprends.

-Ma fille est-elle en danger ? Intervient ma mère. Si c'est une tentative de meurtre, qui a bien pu lui vouloir du mal ?

-C'est ce que nous essayons de comprendre Madame. C'est pourquoi l'appartement de votre fille est mis sous scellés et que nous allons interroger toutes les personnes que côtoyait la victime. Vous avez l'air très soudées. Protégez-la. Prenez soin d'elle. Je reste joignable à tout moment pour votre fille mais également pour vous Madame. A la moindre inquiétude, appelez-moi.

-Je vous garantis qu'il avait toute la confiance de mon mari et la mienne. Il était droit et profondément gentil.

-Merci Madame. On va poursuivre notre enquête. Pouvons-nous continuer Mademoiselle ?

-Oui bien sûr.

-Consommait-t-il des drogues ?

-Non jamais, enfin pas avec moi, ni avec ses amis et je n'en ai jamais vu à la maison.

-Pensez-vous qu'il pouvait avoir des dettes avec des dealers ?

-Non.

-L'avez-vous vu avec une somme d'argent conséquente ?

-Oui, lorsqu'il faisait des chantiers de plomberie non déclarés chez des clients qu'il connaissait. Il ne s'en cachait pas et j'ai déjà eu l'occasion de l'accompagner. Je voyais qu'ils étaient contents de son travail et qu'ils l'appréciaient.

D'ailleurs ce week-end, nous sommes allés chez Madame Lasce et pendant qu'il travaillait, on papotait toutes les deux dans le salon.

-D'accord. Il est important que nous questionnions toute votre vie, nous allons aborder vos relations sexuelles. Êtes-vous sûre que votre mère peut rester ?

-Oui, je suis sûre, si cela ne la dérange pas.

Ma mère ne desserre pas ma main et acquiesce.

-Avait-il des demandes sexuelles ou des pratiques qui sortaient de l'ordinaire ? Qui vous ont déconcertée ?

Je garde un temps de réflexion. Qu'est-ce que cette question fout là ? Je ne comprends pas le lien. Il doit bien percevoir mon malaise mais ne me dit rien.

-Faut définir les mots « relations sexuelles ordinaires ». Aucune pratique ne m'a dérangée. Je ne me suis jamais sentie contrainte ou forcée. Il était plutôt timide et réservé à ce sujet.

-Merci pour votre réponse. Je comprends que cela puisse vous paraître étrange mais comme je vous l'ai dit, le moindre élément banal peut parfois grandement nous aider.

L'interrogatoire s'est poursuivi ainsi pendant deux heures. Pourquoi tant de questions sur lui ?

A la sortie, je suis vidée. A peine rentrée dans la voiture, j'allonge ma tête sur les jambes de Nanie et je m'endors. Elle me caresse les cheveux et m'enveloppe de tendresse.

Je ne rêve pas.

Article de journal du 9 août 2015 à 13h

Au cœur de Bordeaux dans le quartier Saint-Louis, un homme de vingt-six ans a été retrouvé mort.

Aux alentours de deux heures du matin, un passant repère un homme allongé sur le dos entre deux voitures. La victime ne répond pas aux sollicitations verbales, il le touche du bout du pied mais la victime ne bouge toujours pas. S'approchant de plus près, il ne décèle aucune respiration. Paniqué, il appelle les Pompiers.

Le décès du jeune homme est prononcé à deux heures trente-deux du matin par Monsieur Pol, pompier de garde ce soir-là.

La police est alors alertée et une enquête doit s'ouvrir pour « décès sur la voie publique ».

Quelques heures après la mort, la police dispose de peu d'éléments. La victime possédait des clés dans son pantalon repérées comme étant celle de sa moto, stationnée une rue plus loin, son casque posé dessus et certainement celles de son domicile.

Le jeune homme n'est toujours pas identifié, ne disposant pas de papiers d'identité sur lui.

Une recherche ADN doit être réalisée ainsi qu’une autopsie. Les forces de l'ordre attendent qu'un des membres de sa famille signale sa disparition.

Pendant

Parti à l'apogée de notre relation.

De notre amour.

Avant

Au petit déjeuner un samedi sur mon canapé rouge, devant un épisode d'Esprit Criminel, notre série fétiche.

-Tu sais ma chérie, j'ai bien réfléchi et depuis que l'autre connard m'a gentiment fait dégager de chez lui, je suis là. Es-tu tentée pour qu'on recherche sur internet un appartement plus grand, un endroit à nous deux ? On est à l'étroit chez toi.

Je ne quitte pas l'écran des yeux et fais comme si je n'avais rien entendu. Moi ? Habiter avec un mec ? La grosse blague !

Ok, tu squattes chez moi mais parce que tu n'as pas eu le choix. Depuis que ton cousin, ce connard comme tu dis et je suis totalement d'accord avec toi, t'a dégagé de chez lui estimant qu'il avait tous les droits et surtout le droit de t'écraser comme une sous merde. Ah celui-là, je lui ferais bien manger ses dents, tiens. Bref...

Ta demande me terrifie autant que m'enthousiasme.

Tu veux être avec moi.

Tu tiens à moi.

Tu veux construire avec moi.

Ce qui veut dire, voyage à deux, repas à deux, film à deux. Elle est contente la dame tiens. Si j'avais pu, j'aurais dansé sur le canapé en slip avec le balai dans la main. Dans la réalité, je me blottis dans tes bras.

Les soirs qui suivent la tragédie, la famille et les amis se regroupent pour moi, autour de moi chez mes parents. Milie, Finoue, Claira, Hélois et bien d'autres s'inquiètent, me glissent des mots réconfortants, me serrent dans leurs bras, me confectionnent mes plats préférés : riz au lait, crumble de courgettes, tajine de poulet, soupe de vermicelles de Mamie. A leur tour, ils s'inquiètent. Je ne peux pas les rassurer sur mon état mais je mange et je bois, le nécessaire pour les satisfaire.

Ma famille maternelle habite à proximité, mes tantes et ma grand-mère. Mamie Gisèle est dans l'incompréhension de ce décès. Elle n'a de cesse de me questionner :

-Pourquoi si jeune ? C'est injuste. C'était à moi de partir avant lui. Ma pauvre chérie ! Tu vas tellement souffrir. Tu n'as rien vu ? Rien senti ? Tu n'as pas pu l'aider ?

Ses questions n'attendent pas de réponse. Elle parle tout haut. Depuis le décès brutal à la suite d'un AVC de papi Gilbert en 2005, Mamie ne s'en est jamais trop remise. Elle s'est laissée aller progressivement, marchait moins, s'alimentait mal et dormait peu laissant ainsi passer les longues journées où l'ennui et la morosité devenaient ses alliés. Comment lui en vouloir après avoir fêté leurs soixante ans de vie commune, avoir eu six enfants, quatorze petit-enfants et arrière-petit-enfants ?

Mais mamie a été soutenante, à sa manière, même si elle n'a pas toujours eu les bons mots, justes et adaptés. Elle était là. Je me souviens que la veille de l'enterrement, alors que mes tantes aidaient ma mère à la vaisselle, j'étais à table avec mes frères. Thom parlait pour ne rien dire certainement pour combler le silence, mais je n'entendais rien. Je voyais juste ses lèvres bouger et ses bras se lever. Tout doucement, elle m'a pris la main et l'a serrée bien fort, sans me regarder, comme pour me donner du courage et en prendre aussi.

Je pose mes mains sur tes épaules qui s'affaissent légèrement à mon contact. Je te sens résister. D'instinct, certainement, tu tournes légèrement la tête pour vérifier que personne ne soit derrière toi. Je comprends aujourd'hui que tu ne me vois pas, mais surtout, que tu ne prêtes pas attention à ma présence.

Ta grand-mère prend ta main et tes épaules s'affaissent alors totalement, sans plus aucune résistance.

Je ne sers plus à rien.

Pendant

Après

Les amis, la famille, les amis de mes parents, mes collègues se soucient, me rendent visite, m'écrivent, m'apportent leur soutien, encouragent mes parents, prennent de mes nouvelles.

Après

Je me réveille à nouveau dans mon lit, à nouveau sous cette couette et on est toujours en août. Que le temps passe lentement.

Je regarde l'heure sur mon téléphone qui annonce 18h. J'ai des messages et des appels en absence. J'ai juste le temps de me dire que j'ai dormi trois heures, que mes paupières gonflées de larmes se referment. Je n'ai même plus la force d'aller faire pipi...

Pendant

24h sans comprendre. Que s'est-il passé ?

Je ne comprends pas. Une suspicion de meurtre, tu es parti sans fermer notre appartement. Départ précipité ? Ton corps retrouvé dans la rue ! Règlement de compte ? Mauvaise rencontre ?

Que s'est-il passé ? L'appartement sous scellés, l'enquête policière, les interrogatoires de deux heures, l'investigation dans l'appartement, dans notre appartement, dans notre nid...

« *Fouillez, cherchez le moindre indice* » me disent-ils.

Le brigadier est bienveillant, sa coéquipière absente, comme gênée. Peinée peut-être.

Je te vois complètement déboussolée, j'aimerais te guider, t'aider à comprendre mais tu ne veux pas voir les signaux que je t'envoie.

Te voir si désemparée, si abattue, me tue.

Je t'entends monter les escaliers qui mènent à notre appartement. Oui, les murs ne sont pas bien épais.

Un dernier coup d'œil autour de moi, tout est prêt. Vite, je m'assois sur le canapé avec un bouquin comme si de rien n'était.

Le bruit de ta clé dans la serrure est toujours un plaisir à entendre. J'anticipe toujours le fait de me blottir dans tes bras dès ton arrivée.

Tu rentres et à voir ta tête, tu as passé une mauvaise journée. Même me voir ne te rend pas le sourire. Tu viens m'embrasser rapidement, comme un simple geste conventionnel dans un couple, et tu files à la douche. Bon !

A la sortie de la salle de bains, tu as meilleure mine et tu viens enfin m'enlacer. Puis, tu lèves les yeux et regardes autour de toi.

-Tu as rangé l'appartement ? Tu as rangé toutes mes affaires ?

Je ne sais pas comment interpréter cette phrase ni le ton de ta voix. Un reproche ? Une simple constatation ?

-Oui j'en avais marre que cela traîne et toi-même hier tu disais que tu n'avais pas le temps et que tu n'osais pas tout déranger chez moi. J'avais du temps aujourd'hui, alors je l'ai fait. Pour que mon chez moi devienne notre chez nous. Tes dossiers sont ici. Je lui montre de la main l'étagère à côté du lit. Tes vêtements sont rentrés, non sans difficultés, dans ce dressing ridicule que je ne pouvais déjà plus voir en peinture et maintenant qu'il est archi plein, c'est pire. Je ne sais même pas si on peut ouvrir la porte sans que tout nous tombe dessus. Reste juste à caler tes affaires de moto par là. En attendant, je les ai mises, enfin laissées au même endroit, par terre à côté de ce maudit dressing.

-Merci ma chérie, mais j'aurai aimé le faire avec toi.

Jamais content. Piquée au vif, je rétorque avec provocation :

-Et ben attends, ça peut être vite fait, je défais tout et on recommence. Aucun problème, j'ai juste mis près de deux heures à ranger mais recommençons.

-Calme toi, je vois que tu as voulu bien faire mais j'aurai voulu trier aussi mes vêtements par exemple et mes papiers en même temps.

-Maintenant que c'est rangé, tu peux le faire, l'un n'empêche pas l'autre. C'est fou ça !

Tu souris, me passes devant et vas te servir un verre d'eau tranquillement dans la cuisine. Je ne m'attendais pas à cette réaction qui étrangement me calme.

Je me sens toute bête debout au milieu de notre salon ridicule de 15 m2.

Tu me regardes, je te regarde et on sourit.

-C'est sûr que tu es coupée d'espagnol toi, tu démarres au quart de tour, c'est dingue. Tu me fais rire.

Je ne sais pas quoi répondre, tiens !

Je m'assois sur le canapé et tu te mets à côté de moi. Un bisou, un câlin et tu te diriges vers l'étagère où il y a tes dossiers papier.

-Attends, je vais t'aider, dis-je en me levant.

Tu souris, décidément tu ne sais faire que ça, sourire ?

-Je vais le faire, reste assise tranquillement, tu en as assez fait pour aujourd'hui.

Il m'a bien vue ? Moi rester assise à ne rien faire ? Et, comme s'il lisait dans mes pensées :

-Va falloir apprendre à te poser ma belle. Je vais te montrer comment on fait.

Tu reposes ce fameux dossier et tu viens sur le canapé avec moi, tu m'enlaces et on lance un nouvel épisode d'esprit criminel.

Pendant

48 h Après

Le résultat d'autopsie tombe : « hémorragie intestinale due à une maladie, la dysenterie, certainement contractée quand il était enfant aux Comores ».

Quoi ??????????? L'incompréhension.... Je n'ai rien vu, je t'ai laissé partir, je ne t'ai pas sauvé... !! La culpabilité ! Nouveau sentiment clairement identifié comme destructeur pour l'être humain.

Étais-tu au courant ? Te soignais-tu ? Et ta mère, elle le savait ?

Il faut que j'élude cette question, que je la sorte de ma tête. Je prends mon téléphone et mon courage à deux mains et je décide de l'appeler.

-Étiez-vous au courant ?

-Non je ne savais pas mais je me fais moi-même soigner pour cette maladie. Tu sais aux Comores, c'est malheureusement courant d'en mourir, me dit-elle.

-Avait-il fait des examens en arrivant ici à ses neuf ans ?

-Non.

Je préfère ne pas répondre et je raccroche.

A nouveau, je hurle. Ma tante Marta accourt et me serre dans ses bras.

-Tatie, je savais que quelque chose ne tournait pas rond, je le voyais se tordre de douleur et je n'ai rien fait. Il a dû terriblement souffrir en silence, seul, sur ce bord de trottoir... Le reste de ma phrase reste en suspens car mon cerveau lâche. Mon corps se dérobe sous mes pieds.

Après

Un autre interrogatoire, dans les mêmes locaux, avec le même brigadier, dans le même bureau qui sent la poussière et le café. Moi, je ne suis plus la même. Fatiguée, épuisée, vidée. Amaigrie. Triste. Meurtrie.

-Votre relation avec ses proches : sa mère ? Son père adoptif ? Sa sœur ? Ses cousins ? Ses amis proches ?

Je prends une grande inspiration. Je cherche à ne pas les dénigrer, ce n'est pas le moment et il n'y a aucun intérêt mais la colère est telle que je ne peux pas m'en empêcher.

-Je n'ai pas envie de m'étendre sur ce sujet. Je vais être concise. J'ai vécu quelques mois chez lui avec sa demi-sœur, Mia, au début de notre relation. On s'entend très bien, on discute beaucoup et je me sens comme l'une de ses confidentes. C'est une adolescente très jolie, gentille, intelligente, avec un très bon fond. Je crois que comprendre qui elle est, lui est douloureux. Elle est arrivée sur le territoire français des Comores avec sa mère alors qu'elle était toute jeune. Elle a dix-huit ans depuis quelques jours. Elle a vécu avec son frère pendant de nombreuses années. Il la logeait, la nourrissait et lui donnait de l'argent de poche.

Elle est peinée et perdue depuis le décès de son frère. J'essaye d'être présente mais je n'y arrive pas.

Concernant sa mère, il m'en parlait peu. Mais lorsqu'il le faisait, je le percevais alors triste et torturé. Il dévoilait une facette de lui peu commune. Un fort sentiment d'abandon l'habitait, n'ayant que peu connu son père aux Comores et dans l'attente d'une reconnaissance maternelle. Du peu que je sais, il vivait et a été élevé par sa famille maternelle et paternelle dans un village éloigné où l'apprentissage scolaire n'était pas dispensé. Pour vous dire, il ne savait pas exactement sa date de naissance expliquant que son village était à plusieurs jours à pied de la mairie. Les villageois attendaient alors la naissance de plusieurs enfants pour faire le déplacement et les déclarer.

Sa mère a eu plusieurs compagnons, d'autres enfants et notamment, Mia. Un jour, elles sont parties toutes les deux en France, avec le nouveau mari (français) de sa mère alors qu'il était enfant. Cet homme a d'abord adopté sa sœur puis lui, quelques années après.

A l'âge de neuf ans, sans que rien ne lui soit expliqué, cet homme est venu le chercher pour le ramener en France. Il a été déraciné. Il est alors confié à sa grand-mère paternelle d'adoption, qu'il ne connaît pas. Mamie a toujours été un pilier pour lui et un repère. C'est une femme aimante, sécurisante et bienveillante. Elle est si effondrée par sa mort.

Je prends une grande respiration et retient mes larmes.

-Pauvre mamie, elle l'aimait tant. Elle l'a soutenu, éduqué, élevé et accompagné dans sa nouvelle vie où tous les codes changeaient : la langue, les coutumes, son quotidien. Tout. Elle lui a donné tant d'amour et lui rappelait souvent qu'elle l'aimait.

Il ressentait une énorme injustice, pourquoi sa sœur vivait avec eux et pas lui ? Pourquoi sa mère la regardait et pas lui ?

Son père adoptif, il en parlait peu. Je l'ai rencontré récemment à son domicile. Nous avons passé un agréable moment et j'ai perçu chez cet homme de la bienveillance et de l'amour.

Voilà, je crois vous avoir un peu retracé ce que j'avais compris et interprété de sa vie. Vous l'aurez compris, les relations intrafamiliales sont loin d'être apaisées mais, en aucun cas, je ne peux imaginer l'une de ces personnes lui vouloir du mal.

C'est gênant de déballer sa vie ainsi devant vous mais je crois que c'est important pour que vous compreniez qui il était. Même si ce n'est pas important pour vous, ça l'est pour moi. Il va tellement m'en vouloir d'avoir parlé ainsi de sa famille, surtout de sa mère.

Monsieur Etomo, le brigadier, et sa collègue m'accompagnent pour récupérer des affaires. Je ne dois toucher à rien, dans mon propre appartement.

Thom, il est là. Il tient à être là. Il a défié l'interdiction du brigadier qui a cédé.

A l'ouverture de la porte, sans retenue, il pleure, il me fait partager son chagrin, avec authenticité, sans se dire qu'il se doit d'être fort pour moi. J'apprécie. Ça me donne de la force.

Je prends des affaires après avoir passé plusieurs jours avec le même pantalon et le même débardeur. J'ai maigri, je suis obligée de resserrer ma ceinture. Ton odeur est là, c'est terrible.

Je frôle tes vêtements posés en vrac sur une chaise. Mon frère est assis sur le canapé et me regarde sans rien dire. Il me laisse avec mes émotions. Je range quand même la vaisselle qui est depuis le temps, sèche. Accoudé à la porte, Monsieur Etomo me laisse faire, malgré ses recommandations de ne rien toucher.

Je reste un moment au-dessus de l'évier, comme suspendue à ce moment irréel où aucun bruit n'est perceptible. Je secoue la tête pour revenir à l'instant T.

Je dois revenir à la réalité et ne pas rester dans mes songes même si là-bas, je m'évade. Je frissonne.

Je prends un sac et mets mécaniquement des affaires dedans. Je suis comme anesthésiée, je ne ressens plus rien.

Puis, Thom vient vers moi et délicatement me dit « pense à son costume pour… enfin tu vois quoi…son enterrement ». Je le regarde, sors le costume de son emballage de plastique, lui tend et cours vomir aux toilettes.

Non c'est faux, c'est ce que j'aurais voulu faire, vomir, vomir, sortir ce poison, ce mal-être mais non, à la place, je m'affaisse, souffle et les larmes coulent. J'ai l'impression que tu es là. Près de moi, mais je refuse de me laisser tenter par cette idée.

Ma mère rentre dans ma chambre avec une tasse de tisane à la main. L'odeur de rooibos-vanille emplit la pièce, je ferme les yeux et savoure cet instant. C'est fou comme une odeur, un bruit, un élément naturel comme le soleil peut faire du bien. Un petit rien.

Je suis prostrée sur le bord du lit, les yeux dans le vide. Je cherche à accrocher quelque chose du regard, quelque chose qui me fait oublier juste une seconde qu'aujourd'hui on t'enterre. Je ne trouve rien.

Après quinze jours d'enquête, de démarches administratives aberrantes, je dois t'enterrer, toi !

Et moi, on m'enterre quand ? Je crois que je suis partie un peu avec toi tant je culpabilise, je reste dans l'expectative d'explications rationnelles. Je suis si triste, si en colère, si blessée. Meurtrie.

-Ma chérie, il faut y aller ! Est-ce la robe que j'ai mise te va ?

Je la regarde, souris timidement et réponds.

-Oui maman, une couleur bien vive comme il aurait voulu. Cette journée va être dure mais s'il y a de la couleur, ça aidera, je pense.

Ridicule ! Cette phrase est ridicule. Il n'y a pas d'autres mots. Je lève les yeux au ciel et je m'insulte. Elle s'assoit près de moi et on reste là un moment main dans la main, à ne rien dire.

Puis, elle me glisse une serviette avec des morceaux de sucre dedans et la tasse.

-Bois un peu et mets les sucres dans ton sac. Tu ne manges pas grand-chose en ce moment, cette journée va être rude. Tu me promets que tu en mangeras s'il te plaît.

Je lui promets et bois la tisane ou plutôt le sucre à la tisane tant elle est sucrée. Je ne risque pas de faire une crise d'hypoglycémie en revanche du diabète, si.

Avant

Pendant

Parfois, sans avoir le contrôle, le flou, les tremblements, les palpitations, les larmes, la solitude...

La détresse et la mélancolie me submergent !!!!!

Je camoufle.... J'essaye.

Certaines personnes, elles aussi avec la même cicatrice plus ou moins bien soudée, rafistolée, ressentent, captent, soutiennent, frôlent, compatissent comme Tatie.

Tatie Marta, c'est une des quatre sœurs de ma mère, la mère de Titi et Nanie. Elle nous gardait chez elle quand on était petits avec mes deux frères, c'est comme ma deuxième maman. On était les cinq cousins inséparables. Notre lien est très fort et solide. Tatie, elle a une blessure énorme aussi. Elle, sa cicatrice ne veut pas se résorber. Le temps ? L'âge ?

Quand tonton Bernard est mort d'un accident de moto en mai 2012, un énorme bout de Tatie est parti avec lui. Huit ans après, elle a encore la voix qui tremble quand elle en parle. Si elle savait à quel point elle m'a aidée et soutenue bien que ma douleur s'apparente à la sienne, elle a été si présente et compatissante. Je me disais qu'elle seule pouvait comprendre alors je lui posais des questions, je me confiais.

-Tatie, pourquoi cela fait si mal ? Pourquoi parfois le mal s'installe et ne part plus, même dans des moments où tout se passe bien ? Pourquoi on ne peut pas gérer ? Combien de temps ?

On en discutait, on échangeait entre âmes meurtries.

Je suis recroquevillée dans notre salon. La douleur est située dans le creux de l'estomac et dans le sternum, m'empêchant de manger et de respirer convenablement. Une angoisse dévorante.

Depuis combien de temps suis-je allongée ? Je suis incapable de bouger et d'ailleurs, je n'en ai pas envie. Me suis-je endormie ? J'ai quand même un peu froid sur ce carrelage. Je me trouve ridicule, à vingt-cinq ans en position fœtus entourée de mouchoirs et les yeux gonflés de larmes, digne d'un film à la Bridget Jones mais là, ce n'est pas un film. Les émotions sont vraies et brutes. Le mal-être bien installé.

Je ne peux pas m'empêcher de t'appeler sur ton téléphone portable pour écouter ta voix sur ton répondeur mais depuis hier, plus de sonnerie, direct la messagerie. Plus d'incertitude. Pourquoi se faire autant de mal ? J'ai besoin de rester ancrée à la réalité, de m'accrocher aux faits bruts. Tu n'es plus là, tu es mort donc tu ne répondras pas.

Je repose mon téléphone à côté de moi. Puis, au moment où je le reprends pour recomposer ton numéro, que j'ai appris par cœur depuis peu, il sonne. « *Cha* » apparaît sur l'écran.

Je dis à voix haute.

« *Oh non, Cha je ne peux pas te parler. Pas dans cet état* ! » J'appuie tout de même sur « répondre ».

Cha, la belle Cha, une belle femme avec des origines arméniennes, élancée, avec des longs cheveux noirs, un sourire sortie d'une publicité pour une marque de dentifrice dégageant une sympathie naturelle. Cha, une amie de fac. Une de mes amies les plus chères.

Cha, c'est celle avec qui on pleure, on rit sans retenue et sans se sentir jugée. Une liberté d'être soi. Voilà pourquoi j'ai décroché. Je suis incapable de parler et je pleure. Elle m'écoute. Je sens presque ses bras autour de moi.

Elle me propose de passer. Je refuse. Je veux rester là sur ce carrelage, recroquevillée. Je ne veux pas devenir « la copine qu'on va voir parce qu'elle a perdu son mec », même si je sais que les intentions sont bonnes. Je ne veux pas devenir cette fille-là. Elle raccroche seulement après s'être assurée que je vais sortir de cette bulle noire, s'épaississant et se refermant sur moi. Après lui avoir garanti que je vais me relever au sens propre mais aussi symbolique du terme, je raccroche, me tourne sur le dos et regarde le plafond. Il faut se relever.

Comme si je me regardais dans un miroir, je dis à voix haute : « *Arrête de te morfondre, lève-toi. Voilà que tu parles toute seule maintenant* ». Cette dernière réflexion m'arrache une esquisse de sourire et j'ajoute :

« Bon, point positif, t'as pas perdu ton sens de l'humour et ton auto-dérision mais tu continues à parler toute seule ».

Debout allez ! Non pas sur le carrelage, c'est froid !

Je suis à côté de toi mais tu ne peux pas me voir. J'essaye de te lever mais en vain.

Pourquoi pleurer autant, pourquoi tant de souffrance. Je suis mort oui oui oui mais bon… tu es là toi, toujours là, c'est le principal.

A l'inverse, toi morte ? Impossible. Je meurs aussi.

Moi ? Ce n'est rien. Tu te souviens quand je t'avais dit que c'était avec toi que je me sentais exister ? C'était tellement vrai.

Ma vie a été un ramassis d'emmerdes entre vie minable à Anjouan, adoption en France par le mec de ma mère, adaptation à l'éducation et à la culture française alors que j'avais neuf ans. Je n'ai rien compris, on ne m'a pas demandé mon avis. Jamais.

Une estime de moi-même ridicule. Une vie où je travaille comme un con, matinée, journée, soirée certainement pour ne pas penser à cette vie de merde où je n'aurais jamais voulu être, que j'ai même pensé à quitter...Plusieurs fois.

Toi, tu respires la joie de vivre. Ton énergie communicative m'a ensorcelé. Tu n'as pas arrêté de me complimenter, de regonfler mon ego, de me remplir d'amour, c'était limite irréelle. Toi, la femme que j'aime réellement, n'as pas le droit de se laisser abattre.

« DEBOUT JE TE DIS ». Et comme si tu m'entendais, tu t'es remise sur pied avec un début de sourire au coin des lèvres. M'as-tu entendu ?

-Papa tu veux que je fasse quoi là ? Tu n'es pas venu pour tout faire et moi te regarder.

Il fait le sourd. Oui enfin c'est en partie vrai car il porte des appareils auditifs mais je soupçonne parfois qu'il sélectionne aussi ce qu'il veut entendre.

Je cherche du regard ma mère qui me sourit en nettoyant les placards.

Mon père me répond enfin avec un grand sourire :

-Déballe dont tes cartons et laisse les professionnels de la peinture peindre en paix. Si tu touches un pinceau, tu vas tout saccager. Malheureusement, tu n'as pas hérité de tous mes talents.

Deuxième échange de regard avec ma mère.

Alors je commence à déballer mes cartons dans mon nouvel appartement. Les nouveaux meubles devraient être livrés dans la semaine. Un fin rayon de soleil vient me réchauffer le visage, je me relève, lui fait face et souris.

Toute la décoration va être refaite, tous les meubles changés, il le fallait de toute façon. Six ans de vie étudiante à déménager entre Bordeaux et Paris avec tous les meubles de récupération de mes cousines. Du neuf, une nouvelle aventure. Des meubles à moi mais surtout des meubles qui ne me rappellent pas toi. Finalement, je les ai lâchés, sans difficulté. Je ne suis pas matérialiste.

Dans cet appartement, je me sens bien et en sécurité. Je suis à l'aise avec ce sentiment bien que cela ne fasse qu'un mois et demi que tu es parti.

Je me sens complètement oppressée dans mon corps. Moi, qui aime tant courir, je suis en difficulté comme si un poids énorme était logé dans ma poitrine.

Je sens que mon plexus est envahi de tas d'émotions avec lesquelles je me bats au quotidien depuis ta mort.

Je décide d'aller voir un ostéopathe pour qu'il tente de me libérer de ces angoisses.

Cette recherche sur internet me stimule, je vais ainsi explorer mon nouveau quartier.

-Allez au pif, celui-ci. Il a une bonne tête.

Dès le premier contact, j'ai su que tout allait très bien se passer. Grand, fin, la trentaine passée, avenant, sécurisant et avec un humour qui colle parfaitement au mien.

Après qu'il ait pris tous les renseignements concernant ma santé et mes antécédents médicaux, il me demande :

-Qu'est-ce qui vous amène précisément, au-delà d'une visite de contrôle classique comme vous venez de me le préciser ?

Alors il sait. Il sait qu'il y a plus qu'une simple visite chez un ostéopathe. J'aime sa finesse. Je sens que je peux me livrer, qu'il va m'écouter et me soulager.

-Je me sens totalement prise, oppressée dans la cage thoracique, m'empêchant de bien faire mon footing. J'accompagne mes paroles en portant mes mains à mon cœur puis à ma poitrine.

-Depuis combien de temps ? Y a-t-il des antécédents cardiaques dans votre famille ? En avez-vous parlé à votre médecin ?

Avant même que je parle, il ajoute :

-Quelle est la raison principale de ces maux ?

On lit en moi comme dans un livre ouvert ou quoi ? Je suis si transparente ?

Je le regarde droit dans les yeux avec une certaine froideur que je ne me connais pas et je livre :

-J'ai perdu mon compagnon de manière assez tragique et soudaine il y a plus d'un mois. Ça doit être ça l'explicitation. Mes lèvres sont serrées, ma mâchoire contractée et cette pointe, cette compression s'accentue.

Décontenancé serait le terme adéquat pour qualifier sa stupéfaction face à ces mots balancés de but en blanc.

-Très bien. Toutes mes condoléances pour votre ami. Allons tout de suite essayer de vous débloquer, de vous alléger un peu.

Je m'allonge sur le dos sur sa table du praticien. Il me demande de fermer les yeux et de souffler. Un calme règne. Un calme, qui étrangement, m'apaise. Je me sens en sécurité. Je peux lâcher prise.

Peu de manipulation mais un bien être radical me parcourt le corps. De la tête aux pieds, je me sens légère et désencombrée comme quand vous avez le nez bouché et qu'un grand bol d'air frais marin vous ouvre les poumons.

Je respire enfin et esquisse un sourire. J'en ressors avec un bien-être physique et mental comme une thérapie.

Avant

Ton sourire ce matin, m'en dit long. Tu as les yeux rivés sur moi et tu me caresses le visage alors que je me réveille.

On oublie dans ces moments-là qu’on n’est pas maquillée, pas coiffée... On profite, on se donne de l'amour, on se sourit... on vit !

Ce n’est pas le tout mais faut aller au boulot, nos cinq minutes de câlins quotidiens sont terminées. Ces cinq minutes qu’on ajoute à notre rituel matinal avant de faire couler les cafés et mettre en route la machine.

Je file à la douche. Un fond musical me vient aux oreilles, et je m'emballe... Rihanna est en moi... je chante du yaourt anglais. Et là, je t'entends éclater de rire, tu ouvres le rideau et me supplies de me taire. Évidemment, je ferme le rideau et chantonne encore plus fort.

Avant

-Tu ne devrais pas prendre autant de doliprane. Trois dans la journée c'est bien trop. Ton médecin est au courant ?

Tu ne réponds pas mais ton visage se déforme sous la douleur. Puis, il retrouve un aspect habituel. Je ne sais pas où tu as mal. Tu t'isoles…trop souvent.

Puis cela passe, tu reviens vers moi et ne veux pas parler de cette douleur. Jamais. Tu me dis que tu iras voir le médecin...

Pourquoi tu es là et tu serres la main de mon ex ? Comment est-ce possible ? Mais qu'est ce je fais sur cette chaise à regarder cette scène ? Pourquoi je ne bouge pas ?

Je me rends compte que j'ai les pieds et les mains ligotés à la chaise et vous me regardez tous les deux. Vos mains sont toujours jointes. Vous êtes habillés pareil. Je n'arrive pas à démasquer votre volonté. Vous ne parlez pas. Vous ne me répondez pas. Vous me fixez.

Mais t'es mort ! Comment tu es là ?

Tu es revenu ?

Et toi, casse-toi t'as rien à faire dans cette scène là...

J'essaye de desserrer ses liens mais rien à faire.

Puis j'entends ta voix, oui c'est la tienne qui me dit :

« Arrête ! »

Je me réveille en sursaut, le cœur battant !

Je me souviens de ta voix. Cet élément à la fois nouveau et ancien me remplit de joie autant qu'il me détruit.

Pendant

Après

-Ne t'enferme pas, parle, raconte …

Alors je parle, je synthétise, je me surprends même à sourire à ma narration, comme si je racontais un fait divers entendu à la radio ou lu dans les journaux. Je synthétise : déformation professionnelle. Seulement face aux visages des personnes qui se décomposent, qui compatissent, je comprends que je parle de nous. Je me mets à poil, je parle de moi, de mes ressentis les plus profond sans pudeur ni retenue. Les filtres ? Y 'en a plus.

Eloïs, une copine, m'a dit un jour :

-Attention Magda, parfois, on existe qu'à travers ce que l'on a vécu.

Alors, j'ai compris. Je n'existais que par ta mort, plus rien n'avait de sens. Victime de mon malheur.

En Martinique, décembre 2015 soit 4 mois après ta mort

Parfois, j'arrive à presque oublier que tu n'es plus là, que tu as tragiquement disparu. Je guéris ? Mon cerveau oublie ? Déni ? Je ne sais pas.

Au milieu de la piste de danse improvisée à Fort de France lors d'une fête, on danse avec Cha et Marina. Je souris car j'aime danser mais cet état de bien-être est de courte durée quand j'entends les premières notes de « new flame » de Chris Brown. Sidérée, je ne bouge plus. Tout revient à vitesse grand V, les pleurs, les angoisses, la pression dans la poitrine.

Pas cette chanson. Pas une chanson de ton enterrement.

Marina et Cha, toujours aux aguets et vigilantes face à mes réactions et malheureusement habituées aux variations de mes émotions, ont capté. Elles m'ont prise dans les bras et m'ont écartée de la piste. Telle une enfant qu'il faut protéger. Que c'est ridicule. J'ai honte de ma réaction, où je ne contrôle plus rien.

Comment demander qu'ils arrêtent cette chanson ?

Aucune solution. Quatre minutes, c'est long.

Avant

-Allez viens à Paris avec moi, je prends les billets ce soir.

-Magda, on ne part pas dès vendredi alors !

-Ben si ! On ne va pas aller à Paris pour deux jours, j'ai envie de jumeler week-end en amoureux et moments passés avec mes copines.

-Mais tu sais que tous les vendredis soirs j'ai le repas avec Lio et sa famille, c'est une tradition depuis longtemps.

-C'était quand tu étais célibataire !!! Maintenant on est deux. Je crois qu'il faut faire des projets à deux maintenant, même si je ne suis pas sûre de moi car je n'ai jamais vraiment vécu à deux mais je crois que c'est le mode d'emploi. Non ?

Je t'arrache un sourire. C'est acté, tu dis oui.

Avant

Quelques temps après, nous voilà à Paris. Premier voyage en amoureux.

Je te tiens la main dans le train, tu me regardes et m'embrasses dans le cou. Je suis si excitée !!!

Je ferme les yeux pour savourer le moment présent, ce bonheur. Tu me pinces pour me dire que je ne rêve pas. Ce petit jeu nous fait rire et nous rend tellement complices. Mais qu'on est bête, quand même, quand on y pense.

C'est tellement bon, agréable.

Je sens tes doigts qui me caressent, qui descendent le long de ma colonne vertébrale. Tu chuchotes quelque chose que je ne comprends pas. Je te demande de répéter et les mots qui sortent sont doux et apaisants. Puis, tu me demandes de t'excuser. Je fronce les sourcils, me relève et te fait face. Toi, tu continues à faire danser tes doigts sur ma poitrine. Je ferme les yeux et me concentre sur la danse de tes doigts sur mon corps. De quoi dois-je t'excuser ?

Tu me souris, ton sourire éclatant... et tu disparais.

J'ouvre les yeux et mets quelques secondes à comprendre où je suis. Assise dans mon lit, trempée de sueur, je grelotte.

Même quatre ans et demi après ta mort, je rêve de toi.

Je réentends ton rire, je sens tes doigts me caresser, ton regard se poser sur moi. Tu es comme réel.

Je referme vite les yeux, m'enfonce sous la couette. Je veux te retrouver.

C'est tout de même bien moins douloureux aujourd'hui. J'arrive à me lever sans avoir cette boule au ventre. Cette boule qui symbolise un mal-être qui vous terrasse et vous invite à rester au lit avec elle. Je ne lui ai jamais cédé.

Faut tout de même passer sa journée avec des bribes de rêves qui reviennent à des moments incongrus.

Avant

Je suis contre toi dans ce lit, je regarde tes épaules se soulever au rythme de ta respiration. Tout est calme autour de nous. Bien que cela fasse quelques mois qu'on se fréquente je me pose sérieusement la question de continuer... Oui je suis bien avec toi mais je me questionne sur mes sentiments. Est-ce que je tiens à toi ?

Ce qui me taraude le plus, c'est que je sens que toi tu t'attaches.

Comme si tu lisais dans mes pensées, à ce moment précis, tu te réveilles, ouvres les yeux, me regardes et me dis : « *Ma chérie je ne te l'ai jamais dit mais je suis très bien avec toi, tu me rends heureux, mais je vois que toi, tu te bloques. Lâche si tu veux bien, tu es en sécurité. Vivons notre histoire, arrête de réfléchir ! Vis !* »

Et là, se produit quelque chose d'incroyable, je me libère et je m'autorise à t'aimer.

Après

Je suis assise, à l'ombre, sur ce muret blanc entouré de murs blancs. Un blanc d'hôpital. Il y a une odeur de fleurs qui me chatouille le nez, j'y attache une importance particulière à ce moment précis. Je veux oublier où je suis.

J'attends.

J'attends.

Le temps, encore ce foutu temps... !!!

Des gens passent devant moi, inclinent la tête pour me saluer. Je ne les connais pas ou ne les reconnais pas.

Il y a un silence à la fois pesant et paradoxalement apaisant. Un silence propice au recueil.

La porte s'ouvre une nouvelle fois. Ce n'est pas lui qui sort, toujours pas. Mais qu'est-ce qu'il fait ? La nausée me prend.

Je me raisonne et me contrôle. Ne pas se laisser emporter par toutes ses émotions.

La porte s'ouvre à nouveau et il sort. Tête baissée, il fonce droit sur moi. Le voir si abattu me coupe les jambes.

J'attends qu'il me le dise. On se prend dans les bras. Il me serre si fort que j'en ai mal aux côtes.

Un cri de douleur me percute les oreilles. Je ne le lâche pas, je le serre fort à mon tour.

Silencieusement, je le supplie de me le dire.

-Ma petite chérie, ma pauvre petite chérie... c'est bien lui !!!!

Alors, je m'écarte de son étreinte, je veux rencontrer ses yeux, qu'il me le dise dans les yeux.

-N'y va surtout pas, ce n'est pas celui que tu as aimé, il est déformé, froid et son sourire... il n'y en a plus sur son visage. Ma chérie, je lui ai dit adieu pour toi.

Merde ce n'était pas un cauchemar ! T'es vraiment mort !

Mon père me reprend dans ses bras. Je me laisse aller et nous pleurons ensemble.

Mon père avait besoin de te voir pour te dire au revoir et moi j'avais besoin qu'il te voit pour me confirmer que c'était toi. Ce moment-là, ce temps précis acte qu'il n'y a pas de place à l'imagination.

Tu es mort.

Pas de possibilité que tu te sois enfui et que ta fuite soit camouflée par ta mort ou encore qu'il y ait une erreur sur ton identité ou encore … La machine infernale de l'imagination s'arrête...net !

C'est fini !

T'es bien mort à vingt-six ans et moi un peu à vingt-cinq.

Chapitre 2

Histoire de chronologie

L'entourage, le soutien, la résilience, l'amour,

Le voyage, l'épanouissement ...

Février 2018, au travail, deux ans et demi après ta disparition :

Je suis assise dans un des fauteuils blancs dans le bureau de ma collègue Carlita. La douce lumière du matin du mois de février, la disposition des meubles, ce plaid rouge font que je m'y sens bien. La tasse de café fumant dans ma main m'apaise. Je ferme les yeux. Il est 8 h31, tout est calme. J'aimerais dormir.

J'entends la porte s'ouvrir mais je garde les yeux fermés. Mag et Maie rentrent. Je me sens en sécurité, entourées d'elles trois. Mes collègues, mes amies.

Je sais qu'elles sont là car elles s'inquiètent, je sais qu'elles veulent me parler.

Carlita prend la parole.

-Je vois que tu ne vas pas bien. Je m'inquiète pour toi, on s'inquiète pour toi. Tu ne souris plus, tu t'emportes facilement, tu es mélancolique. Ce n'est pas la psychologue qui te parle, c'est ta collègue, ton amie.

Je laisse mes yeux fermés.

Mag me prend la main et essuie mes larmes. Maie me caresse l'épaule.

Je ne réponds pas. Pourquoi faire ? Pour dire quoi ? Que oui je vais mal, que oui je me laisse aller, que je fais n'importe quoi. Je ne me contrôle plus. Le mal-être est tel que je ne sais plus ce que je veux. Je ne sais plus qui je suis.

Le silence s'installe. Cela m'apaise, je me sens bien malgré les larmes qui filent sur mes joues.

Puis, quelques minutes passent. Honteuse, je ne peux les rassurer et ne sais quoi leur dire. J'ouvre les yeux, évite leur regard, affirme avec malaise que je vais mal et je quitte ce bureau.

Je trouve refuge dans le mien et m'enferme dans mon travail en buvant ce café qui est maintenant froid.

Elles ont toujours été là. Soutenantes, clairvoyantes, à l'écoute, protectrices et aimantes.

Avril 2018 : Première séance chez un thérapeute

-Bonjour mademoiselle, je vous écoute. Qu'est-ce qui vous amène à consulter un thérapeute ?

-Euh... Alors en fait... Je viens...

Je n'arrête pas de gigoter sur cette chaise en face de lui. Oh l'angoisse ! Quoi dire ? Comment expliquer mes ressentis, mes inquiétudes, mon mal-être, ce que je traverse ?

En silence, mon esprit divague et j'observe le cabinet de consultation. Un bureau nous sépare. Derrière lui, il y a une grande baie vitrée qui donne sur un carré de jardin non entretenu mais qui égaye l'atmosphère. J'imagine qu'il s'y installe parfois pour lire au calme, quoiqu'il ne doive pas avoir le temps. Sur ma gauche, il y a un canapé comme on voit dans les films où les gens s'allongent et parlent. Il ne m'a pas proposé de m'y installer. Je me sens rassurée, allez savoir pourquoi.

Il doit être passionné de peintures, il y a des toiles partout accrochées aux murs, posées à même le sol, d'artistes connus, enfin très certainement, je n'y connais rien. Je me sens bien dans ce bureau et auprès de ce professionnel.

Je reprends alors :

-Pour être très honnête, je viens m'assurer que je ne suis pas folle, que je suis en bonne santé mentale.

Il ne bouge pas, ne sourcille pas et me regarde avec ses petits yeux derrière ses lunettes toutes rondes. C'est un grand monsieur d'une cinquantaine d'années, d'allure fine et qui inspire la sérénité dans son costume. Tout de suite, je lui accorde ma confiance.

Un silence.

Je n'ose affronter son regard. Je triture mes doigts dans tous les sens, je ne me savais pas si souple tiens. Je me concentre sur cette cuticule qui me dérange et me pique.

Un autre silence bien plus long.

Je lève la tête et les mots viennent sans réfléchir. Je les débite à toute vitesse comme si je voulais vite m'en débarrasser.

-Il est mort. Y a déjà presque trois ans. Il n'est plus là. Il n'est plus à côté de moi quand je m'endors ou me réveille. Il n'est plus là pour me rappeler d'éteindre la machine à café, ce qui avait le don de m'agacer, je vous le dis. Je sais ce que j'ai à faire tout de même ! Puis ses affaires, j'ai dû les enlever. J'ai dû organiser son enterrement, vous y croyez-vous ?! J'ai fait ça ! Oui je suis la reine de l'organisation et je l'ai fait comme une cheffe. Sans pleurer et avec un aplomb déconcertant.

Ah oui parce que cela m'arrive de ne pas pleurer, de ne plus pleurer plutôt... Puis aussi, je dors mais quand je dis je dors c'est presque douze heures d'affilées et je ne rêve pas. J'aime tellement, j'oublie, j'oublie. C'est le seul moment où je ne ressens rien. Mais le réveil. Oh que c'est difficile !

Je me tais. Mon regard et ma concentration repartent sur cette cuticule.

Un silence … Encore un silence.

On se regarde mais il ne parle pas, mais il a perdu sa langue ou quoi ?

Il va parler oui...

Vite, combler ce vide, ce silence pesant qui m'oblige à réfléchir. Je continue alors...

-Bon, alors je vais être claire : Est-ce que je suis folle ? Est-ce que je perds la raison ?

-Qu'en pensez-vous mademoiselle ?

Je le regarde et fais la moue, plisse les yeux. Mais qu'est-ce que c'est que ce thérapeute ?!?! Ben si je te pose la question c'est que je ne sais pas, si je viens te voir c'est pour que tu me dises à quoi m'en tenir. Ce n'est pas moi le médecin de la tête.

Silence.

Puis étrangement et progressivement tous ces silences m'apaisent. Je me sens vraiment bien dans ce bureau auprès de lui. Je me le dis et me le redis. Je souris, le regarde et il me sourit en retour.

Je me surprends à souffler. A prendre de grandes inspirations et à souffler à nouveau.

Et, il dit alors :

-Bien, nous pouvons commencer.

Janvier 2019 soit trois ans et demi après

Je suis assise dans le train direction Paris pour un week-end avec Ali et Mimi Jeanne. Je suis excitée de les retrouver. Pas particulièrement douée au basket, Ali est une fille surtout douée pour me faire rire. Son espièglerie naturelle et son calme me font me sentir bien auprès d'elle. Mimi Jeanne est si drôle et entière que c'est un bonheur de passer des moments ensemble.

Cependant malgré cette excitation, je sens que quelque chose me tracasse sans parvenir à mettre le doigt dessus. Puis d'un coup, l'envie d'écrire me prend. Pas de papiers, je prends mon téléphone et j'écris ce qui me traverse.

Je me laisse emporter par les mots, par mes pensées, par mes émotions.

Je pleure, je souris, c'est très étrange comme sensation et si peu familier. Ressentir toutes ces émotions quand on écrit. En tant qu'éducatrice, j'ai l'habitude de produire des écrits professionnels, dépourvu d'émotions dans le cadre d'une mission judiciaire. Alors manier les mots, les synthétiser, investiguer, décrire, analyser, je sais faire mais mettre en mots ses propres émotions, c'est autre chose. C'est un lâcher-prise, une véritable introspection.

J'écris sans relâche pendant près de deux heures, je n'ai pas vu le temps passer comme quand je lis un livre qui me transporte. Je me rends compte que j'ai transpiré, comme si mon corps rejetait aussi des toxines. Je me sens soulagée. Un poids de moins, posé sur papier. C'était en vrac mais peu importe, écrit.

Je mets mes maux en mots. Au fond, je crois que j'ai besoin de retranscrire mon vécu pour l'ancrer dans ma réalité, ne pas être dans le déni, ne pas partir dans la folie : « *cela m'est vraiment arrivé* ». Voilà ce que je me dis.

Arrivée à Paris, je suis heureuse de retrouver mes amies. Je sors du train et malgré le froid qui m'assaille les joues, je souris. Un sourire apaisé et serein.

Août 2019 soit quatre ans après

Je me réveille en sursaut, perturbée sans savoir pourquoi. Je regarde mon portable : 5H37.

J'ai froid, la couette est tombée par terre. J'allume la lampe de chevet sur mon meuble à côté de mon lit. Sans aucune raison apparente, je repense à mon écrit. Après plus de dix mois sans y avoir touché et l'ayant même oublié, j'ai envie d'y jeter un œil tout de même.

Je me lève avec énergie, les yeux bien écarquillés malgré l'heure. Je me fais chauffer de l'eau, mets du temps à choisir dans quelle tasse je vais glisser mon sachet de tisane chaï (ma préférée). J'allume mon ordinateur et m'installe dans mon lit.

Je branche mes écouteurs et mets la chaîne « Lofi Hip Hop » sur Youtube, un beat instrumental Chillhop qui me permet de me mettre dans ma bulle. Cependant, impossible de me souvenir où j'ai mis cet écrit. Je vais dans mes mails et tape dans la barre de recherche « mon abîme ». Cinq mails apparaissent. Ça y est, trouvé !

Je copie - colle tout sur un fichier Word.

Tout est dans le désordre, les émotions brutes, sans filtre, sans délicatesse, de la colère, de la tristesse...

Je ne suis pas toujours d'accord avec ce que j'avais écrit alors je commence à nuancer, à atténuer certaines émotions sans jamais les enlever car je devais réellement les ressentir à ce moment-là donc je fais avec. Une nouvelle fois, j'écris. Je me sens bien, cela me procure un bien-être, je me sens en accord avec moi-même car dans ces moments-là, je m'écoute. Je m'accorde du temps et de l'importance.

Je regarde l'heure sur l'ordinateur : 7h50. Merde !

Je regarde mon téléphone, le réveil sonne depuis 7H25.

-Merde, merde et merde, putain, je n'ai rien entendu, je n'ai pas vu le temps passer.

Je vérifie l'heure à nouveau. Puis, j'enregistre mon document sur mon bureau d'ordinateur et sur ma clé USB. Hop ! Je ferme la bécane et me jette hors du lit.

Dix minutes après, je suis sur mon vélo en direction du travail avec un sentiment de soulagement. Je souris malgré le froid qui me bloque la respiration et engourdit mes doigts. Cet état d'euphorie et de bien-être me fait pédaler bien plus vite que d'habitude, comme une dose d'adrénaline.

Ma tasse, elle, attend toujours d'être remplie sur mon plan de travail.

Je suis là. C'est moi qui t'ai réveillée. J'ai réussi cette fois-ci. Mais une nouvelle fois, tu ne me prêtes aucune attention.

Quand vas-tu être prête ?

Depuis...

La douleur est en sourdine mais toujours là. Comment panser cette blessure ? Est-ce qu'on peut un jour la panser ? Est ce qu'elle va s'estomper ?

Elle apparaît au travers d'une chanson qu'on entend en passant dans la rue, une photographie sur un panneau publicitaire, un mot qu'on capte dans une conversation, une scène d'amour dans un film, des mots écrits dans un livre... Bref, cela arrive sans prévenir et il faut l'affronter. Y faire face.

Pour y faire face justement, j'ai trouvé un exutoire dans lequel je me suis réfugiée voire enfermée par moment. J'ai trouvé un moyen pour avoir moins mal, pour moins y penser : le sport.

Dès le réveil, je saute dans les chaussures de running, je m'arme de ma montre et c'est parti ! Cette dépense physique m'exalte et me libère l'esprit. En rentrant, je suis comblée et je peux vaquer à mes occupations ou me poser pour ressentir mon corps après l'effort et m'endormir.

Ressentir mon corps, le pousser, sentir mon cœur accélérer, le sang affluer dans mes jambes, l'acide lactique se manifester. Être dans un état de bien-être où l'endorphine se réveille.

Le problème c'est que je suis dans la compétition, dans le dépassement de soi, dans l'extrême. Toujours atteindre la limite. La compétition, aller plus loin jusqu'à se faire mal parfois.

Le running, la musculation, le fitness, les HIIT. Il faut de l'explosivité, que je sente et ressente mon corps.

La douleur semble moindre ainsi, je l'extériorise. Parfois lors de mes séances, je pleure sans en avoir le contrôle. Quel bien !

Septembre 2019

-On n'est pas bien là ? me dis-tu, les pieds dans l'eau turquoise.

-Oh que si !

Je te réponds en souriant, mes lunettes de soleil au bout du nez. En inclinant la tête, je te perçois pensive, les cheveux au vent. On pose nos affaires, on se met en maillot de bain et on disparait dans l'eau si belle, si chaude.

Marina, ma belle Marina, depuis tant d'années tu es là. Deux amies célibataires signifient de nombreuses heures passées ensemble, à voyager, papoter, manger, boire, sortir, danser, rire et se supporter.

Plus tard, assise sur ma serviette, je te vois nager au loin. La Grèce, l'île de Corfou est fabuleuse. La langue, la diversité des paysages, l'eau turquoise, les oliviers, les ruelles colorées par les bougainvilliers, tout est réuni pour passer de superbes vacances. Pourtant par moment, je suis tourmentée. Adjectif qui fait partie intégrante de mes sautes d'humeurs mais qui a tendance à s'atténuer. Ce voile noir s'envole plus rapidement, laissant place à une sérénité.

Octobre 2019, dans la salle d'attente de mon médecin :

Il va y avoir du retard, comme d'habitude et j'ai oublié mon livre. Je me sens ronchonne aujourd'hui. J'ai encore ce poids dans la poitrine qui ne cesse de partir et revenir.

J'attrape un livre « culturel » sur la table basse, je l'ouvre et tombe sur un article intitulé : « Pour surmonter un deuil, il faut passer le cap des sept ans ».

-Quelle connerie ! Sept ans ? Mais je vais faire comment moi ? Dis-je en balançant ce magazine féminin sur le meuble où sont disposées toutes les revues à la con.

Les autres patients me regardent. J'ai honte. J'ai parlé à voix haute. Merde ! Je souris maladroitement et espère que la porte du médecin va s'ouvrir.

Une fois rentrée chez moi après cette consultation médicale, j'y repense en me démaquillant devant mon miroir et je me parle à voix haute :

-Je n'en reviens toujours pas. Sept ans. Ben tu es mal barrée cocotte !!

Je me souhaite bon courage en me tendant la main vers le miroir. Je me fais un clin d'œil, fais demi-tour, éteins la lumière et ferme la porte.

Novembre 2019, un dimanche chez mes parents

-Arrête de grignoter ! C'est fou cela...tu ne le faisais pas avant... Ta phrase, maman, reste en suspens car on sait à quel événement tu fais référence.

Depuis ta mort, je passe par des phases de prise alimentaire déséquilibrée. Je mange en grande quantité, telle une ogresse, je grignote telle une souris qui a trouvé son morceau de fromage et qui le mange à l'abri des regards et des remarques. Ou à l'inverse, et souvent après une phase de séparation, je contrôle de manière excessive (oui voilà le mot excessif ! Cela me décrit bien d'ailleurs) ma prise de nourriture allant même jusqu'à peser mes denrées.

J'alterne phase de grignotage avec phase de contrôle. Manque de régularité. Comme si j'avais besoin de me remplir, de combler ou à l'inverse de me sentir vide. Mes états d'âme influent directement sur mon estomac et sur mon énergie. Je gère difficilement mes émotions, comme si je m'interdisais d'en ressentir des négatives.

Alors depuis quelques temps, point positif, j'ai dégagé la culpabilité. Hop ! Poubelle ! Va falloir que je travaille davantage sur le problème de fond.

-Chaque chose en son temps ! Le temps, ma fille, le temps... Dit-elle en me prenant la main.

Depuis...

Depuis, il a bien fallu que je tente de rencontrer un homme alors je t'ai cherché à travers eux.

Résultat :

Ils n'étaient pas aussi bien que toi.

Pas aussi gentils.

Pas aussi à l'écoute.

Pas aussi respectueux.

Pas aussi aimants.

Pas aussi toi quoi !!

J'étais en quête de toi. Je m'acharnais à vouloir être en couple pour oublier la douleur et faire comme tout le monde. Donner l'illusion que j'étais heureuse. C'est sans surprise que cela n'a absolument pas marché.

Célibataire les trois quarts du temps ou incapable de tenir dans une relation, la société vous fait vous poser des questions. On en vient à se dire : « j'ai un problème ! Je ne trouve personne ! »

J'en ai essuyé des larmes, j'ai eu tellement de moments de tristesse face à cette solitude mais surtout face à ce sentiment d'injustice où moi aussi j'avais droit au bonheur. La solitude peut friser avec la dépression parfois.

Je voulais tellement ce bonheur dont j'avais été privée. Avec du recul, je me revois dans des situations si embarrassantes aujourd'hui. Situations où je réclamais de l'affection, de l'attention. Je réclamais qu'on m'aime. Qu'un homme m'aime.

Quitte à avoir de l'affection pour une nuit, une caresse pour une heure dans la journée. Sur le moment, je ressentais un bien-être qui irradiait tout mon corps.

Une dose d'adrénaline similaire à un shoot, je dirais. Quelque chose en moi se craquait, je le sentais. Quelque chose en moi me disait que je déconnais.

Puis, toujours soutenue et écoutée par mon entourage et par le thérapeute, j'ai compris que le besoin n'est pas un sentiment adapté dans les relations humaines. J'ai alors découvert que c'était de l'envie, je redécouvrais cette notion. Puis, j'ai essayé d'apprivoiser cette idée dans un premier temps, qui me renvoyait constamment à ma souffrance. C'était une façade.

Je suis solide, forte mais parfois, j'ai le cœur lourd. Mon esprit s'absente, je n'écoute plus, je ne suis plus là. J'ai lu que c'était normal, qu’un cerveau qui a connu une phase de stress et de choc n'arrive pas à suivre alors il se met en *stand-by*. Ceux qui étaient là, qui ont vécu cette tragédie avec moi le savent, mais les autres, ceux que je rencontre après. Comment leur expliquer ?

Aujourd'hui, je sais que pour résister et lutter contre le mal qui revient de temps à autre sans alerter, sans prévenir, je dois me recentrer sur moi, sur ce que je veux et m'écouter. Je prends aussi soin de moi, j'arrive à déceler les signaux.

Je me surprends à me poser à un endroit où je me sens bien et j'arrive à me mettre dans ma bulle. Écouter ce qui m'entoure, me focaliser sur ma respiration, sur un point particulier de mon corps qui me fait mal ou une émotion qui est bloquée.

Bon, il est vrai que quand on n'a pas l'habitude, on peut paraître absent, hors de temps, une illuminée.

J'ai la chance d'avoir ce quelque chose en moi, qui m'alerte quand je déconne, que je ne me respecte pas. Comme quand vous composez un numéro et qu'au final vous n'appuyez pas sur la touche verte parce que vous sentez que ce n'est pas le bon moment. Je me suis longtemps posé la question : et si c'était ce quelque chose qui me préserve de la folie ?

Le comble c'est que je jubile fièrement à voix haute, narguant la fée de la folie : « *et noooon je n'ai pas basculé du côté obscur* ». C'est quand même un peu fou de faire cela.

Parfois ce sentiment, je ne l'écoute pas, voire je refuse de l'écouter, seulement il est plus fort que moi. Il se manifeste par une humeur désagréable, une baisse de tension subite ou encore un évanouissement. Alors je n'ai plus le choix, je me pose et l'écoute. Je sais que la douleur va être là mais juste de passage, elle reprendra son chemin.

Enfin, tu y prêtes attention. Ce n'est pourtant pas la première.

Tu t'arrêtes et t'attardes pour l'observer, posée en équilibre sur ta main. Tu lèves les yeux pour chercher l'oiseau qui l'a perdu. Aucun oiseau dans le ciel. Tu poursuis ta route à pied et tu la fais virevolter entre tes doigts. Tu souris.

Puis, tu la lâches et fais comme si de rien n'était.

Que tu es têtue et terre à terre. Quand vas-tu comprendre ?

Depuis…

Le temps me fait t'oublier. Ton visage s'effrite. J'oublie si tu mettais un ou deux sucres dans ton café le matin.

Merde, j'ai perdu la tonalité de ton rire.

Quelle importance diront certains.... L'oubli ! Le cerveau sélectionne sans qu'on ne puisse le contrôler. Les souvenirs du quotidien positifs se désagrègent mais le souvenir traumatique est bien présent. Je ne veux pas moi, je sais ce que j'ai vécu, pourquoi c'est si omniprésent.

Ton parfum, je ne m'en souviens plus. Tes chansons préférées je me souviens... les réentendre aujourd'hui ravive une douleur qui occupe tout l'espace. Alors, dans ces moments-là, peu importe ce que je fais, tu n'es plus là. Je supplie pour qu'elle s'arrête, quitte à paraître dingue.

Avec du recul, je comprends que notre relation était belle. Simple. Sincère. La tendresse, le partage, l'échange, la complicité et le respect étaient nos maîtres mots.

Un véritable amour. Si fort, si solide, si réciproque. Indestructible pourrait-on dire. Quand on connaît la chute dramatique, c'est comique quand même.

Comment se relever ?

Comment ne pas avoir peur du futur ?

La force intérieure n'est rien sans le soutien des véritables personnes qui sont là.... Pas seulement le jour J mais toujours aujourd'hui.

Mes parents, mes frères, ma grand-mère, mes cousins, mes cousines, mes tantes, mes oncles, mes amies, mes copines, mes collègues, les amis de la famille, les connaissances... Ces personnes, toujours respectueuses et soutenantes dans les moments où je me liquéfiais, où je m'écroulais, comme si je n'avais plus de consistance. Je ne tenais plus.

Des piliers. Alors encore aujourd'hui, je suis parfois terrifiée à l'idée de les perdre.

Comment surmonter encore un deuil ? Et si cela m'arrive à nouveau. Pourquoi pas deux fois ?! Merde, ça peut arriver à nouveau ! Prépare-toi, tu connais la douleur maintenant... Les angoisses reprennent le dessus et je sors alors ma carapace protectrice.

Qui me dit que je n’aurai pas encore plus mal ? Ou que cela ne réouvrira pas cette cicatrice... Les points de suture seront toujours là.

Parfois, je suis terrorisée... Jusqu'au fond de mon être. Je préfère alors ne plus aimer, ne plus m'accrocher, ne plus lâcher prise.

Comment ne pas faire subir ce mal-être à mon entourage ? Faut dire ce qu'on pense, on vous pousse à parler mais parfois les gens en face ne tiennent pas le choc.

Alors je me tais. Je m'enferme dans cette bulle, ma bulle où je me sens bien, où personne ne peut venir. Mais je reste vigilante, car elle peut m'enfermer, ne plus me laisser sortir.

Quand le téléphone sonne à une heure inhabituelle, un timbre de voix inquiétant, je suis en alerte et mon cerveau s'active.

L'impossible peut arriver, je l'ai vécu, je le sais. J'imagine le pire !

2018, 2019, 2020 : le lundi soir, un rituel :

-Cette fois-ci, à toi de venir, chacune son tour.

-Ok Magda, je ramène, comme d'habitude, du vin et un dessert.

-Yep ! Je m'occupe de l'entrée et du plat.

Avec Flora, c'est repas tous les lundis sauf quand on a sport, sauf quand elle travaille, sauf quand j'ai baby-sitting... mais c'est relativement souvent quand même.

Avec un verre de vin rouge à la main, c'est un moment animé par nos traditionnels débats de fille, à regarder ensemble les sites de rencontres pour ne pas « liker » le même garçon, à se raconter les derniers rencards souvent drôles, à faire du sport ensemble en poussant tous les meubles dans mon appartement de 37 m². Ou encore le rendez-vous pour regarder l'épisode semainier tant attendu de la série « The Handmaid's Tale ».

Une tradition, une amitié qui fait du bien mais c'est surtout un moment où on se soutient. On a toutes les deux une cicatrice, une plaie ouverte.

Avant de se voir, on peut broyer du noir, être morose. Puis, quand on se voit, c'est l'exutoire. On se confie des ressentis parfois honteux que seule une personne souffrante peut comprendre. On se parle en toute confiance et librement, sans mâcher ses mots, sans faire de bla-bla.

Avec Flora, on se comprend, on se soutient.

Décembre 2019, en consultation avec le thérapeute :

-Bonjour Mademoiselle. Je vous écoute.

Un silence.

Avez-vous poursuivi vos efforts ?

-Oui, je suis plutôt contente de moi. C'est fructueux. J'arrive à m'écouter davantage, à me respecter.

Je suis consciente d'être dans une telle quête affective que je suis capable de me faire du mal. Je souffre et c'est une lutte de tous les instants.

-Comme un drogué qui a besoin de sa dose ?

-Exactement, la comparaison est parfaite ! Même si cela ne m'enchante pas de me comparer à une droguée, lui dis-je avec un sourire.

-Une droguée d'amour ! Me dit-il avec un sourire affectueux. Vous savez, vous vous questionnez sur votre équilibre psychique. Il va très bien. Vous allez très bien : aucun déséquilibre. Vous avez juste besoin de vous rassurer, de vous écouter. Vous trouverez votre bien-être seule, vous n'avez pas besoin des autres. Vous avez vécu une période dramatique, vous avez été bouleversé. Prenez confiance en vous. Écoutez-vous. Félicitez-vous. Aimez-vous. Pensez à vous. Vous êtes une belle personne.

-Personne ne le fera pour moi. C'est cela que vous alliez ajouter.

Il sourit :

-Effectivement, je crois que vous venez depuis trop longtemps, vous connaissez d'avance mes propos.

Silence.

-Oui mademoiselle, vous n'avez plus besoin de moi. Vous avez fait le travail demandé, vous savez les 80% que fait le patient et les 20% du praticien. Vous avez été remarquablement motivée et déterminée. Gardez-le en tête. Une dure épreuve mais surmontée avec succès.

« *Même quand on est deux, on est seul* » disait Janis Joplin. Autant vous dire que je n'y comprenais pas grand-chose. Puis, dans un second temps, en lisant, en me documentant, en échangeant avec des amis, de la famille, j'ai appris à être seule. J'ai découvert, que je pouvais et surtout que je devais être seule pour être bien. Quel bonheur !!!

« *Tu es une personne formidable, soit en accord avec toi-même. Pose-toi. Tu as trop d'énergies négatives. Quand tu es apaisée, quel bonheur d'être à tes côtés. La sagesse, ma Pépita, la sagesse* ». Dixit mon Pépito. Un ami cher à mon cœur, aussi sage que déraisonnable, aussi pragmatique que rêveur.

Je me sens libre et épanouie et je pense que cela se ressent dans ma relation aux autres mais surtout dans la relation avec moi-même. Je suis plus apaisée, tranquille.

Cinq ans après jour pour jour, heure pour heure

9 août 2020 à deux heures trente-deux du matin

Je danse, un peu soûle dans le salon, sur la piste de danse improvisée chez ma meilleure amie, Maro... Je souris en pensant à toi.

Maro vient vers moi. Un regard, un bisou sur la joue et je sais qu'elle sait que c'est le jour fatidique.

Mon amie d'enfance, toujours là, malgré nos vies radicalement opposées et notre éloignement géographique. Elle, maman de deux enfants et demi (le petit dernier grandit tranquillement avant de pointer son nez), dans une maison en construction au fin fond de la campagne au milieu des vignes. Une relation solide, une complicité inégalable. Celles dont on ne doute pas. Maro, son presque mari Dim et leurs enfants font partie de ma famille depuis le temps.

Cinq ans jour pour jour, heure pour heure. Ton absence n'est plus aussi douloureuse. J'arrive à sourire à nos souvenirs.

Je ne peux cependant pas m'empêcher de me demander que serait devenu notre vie si tu n'étais pas mort.

Les personnes que je côtoie m'ont toujours renvoyé ma jovialité, ma bonne humeur et mon dynamisme. Comme dirait Oliver, un ancien collègue et ami : « *faut être un peu fêlé dans la vie pour laisser passer la lumière, disent les poètes...ben toi, la lumière, elle passe à grands rayons ! D'immenses rais lumineux, de jour comme de nuit, été comme hiver, tous les jours de l'année, et bien plus encore !* »

Je profite de chaque instant, je me nourris d'un fin rayon de soleil qui perce les nuages d'hiver, je ris de bon cœur à une blague même ridicule de mes collègues ou amis et même des miennes. Parfois, je me remémore ce que j'ai traversé, cette douleur, ce vide, ce creux dans l'estomac quand je suis morose ou ronchonne pour me donner du courage. Fonctionnement assez tordu où il faut que je me rappelle cette période douloureuse pour me donner du courage. Et alors, c'est parti, tel un leitmotiv, je fais des tas de projets, j'échafaude, je planifie, j'organise. Je m'évade. Que ce soit personnellement ou professionnellement, je me crée et reste dans cette bulle, qui me fait du bien.

Cet état d'esprit m'ouvre au monde par des rencontres, des échanges mais surtout par des voyages. L'envie de découvrir, la soif de partager, d'être déboussolée, décontenancée, l'enrichissement et l'épanouissement. Sortir de sa zone de confort. Cet aboutissement a été possible à la suite d'une prise de conscience, je devais changer ma vie. Elle ne me plaisait plus.

Alors en juillet 2019, presque quatre ans après : « *Ma décision est prise : dans un an je plaque tout et pars dans les îles* ».

Une année, c'est bien. Économie, anticipation d'un congé sabbatique, préparation du voyage. Pourtant au fond de moi, partir seule, à l'étranger avec mon sac de backpackeuse me faisait peur autant que m'excitait. Un défi, un challenge…

Oui, je suis sûre que pendant ces quatre années de deuil, j'avais eu alors besoin de m'ancrer dans un quotidien rythmé par des habitudes au travers d'un emploi du temps archi-booké jonglant entre C.D.I. (le premier) d'éducatrice spécialisée, baby-sitteuse, sportive acharnée, temps indispensable avec les ami(e)s et la famille.

Mon entourage avait beau me dire et me rabâcher que je surchargeais mon quotidien pour ne pas me retrouver seule, je leur répondais alors sur un ton agacé : « je vis seule et suis seule depuis quatre ans ».

Avec du recul, ils avaient raison. Physiquement active pour ne pas l'être moralement. Pour ne pas se poser, ne pas s'écouter.

Mais je crois qu'il y a un temps pour tout.

« *Chaque chose en son temps. Sois patiente ma fille* » me rabâche ma mère.

J'accepte de dire que pendant un long moment, je ne pouvais pas m'écouter. La réalité était trop difficile, je préférais me leurrer.

Puis, au fond, j'avais beau bien vouloir les croire...Comment faire ? Qu'est-ce que je dois faire pour m'écouter ? Lire en moi ?

Puis, le confinement en mars 2020 est arrivé et m'a bousculé. Toute cette agitation a cessé. Le calme est arrivé.

« *Rends-toi à l'évidence, la solitude, être seule est difficile pour toi, Magda* ». Je me le suis répétée plusieurs fois quand je me suis retrouvée avec moi et moi-même dans mon appartement... « *Bon qu'est-ce que je vais faire de toi ?* » voilà ce que je me suis dit quand j'ai débarqué chez moi avec mes valoches après une énième séparation « amoureuse ». Oui, entre guillemets, car il n'y avait pas d'amour, juste deux personnes ensemble pour se réparer.

J'ai alors appris à être moi-même, à m'accorder du temps. J'ai cuisiné, essayé de méditer, découvert le

Pilates. J'ai surtout appris à m'écouter. Mon corps et ma tête me réclamaient du calme.

Me poser et prendre du temps pour m'écouter m'ont fait comprendre que j'en avais ma claque d'aider les autres, de les écouter, de les accompagner que ce soit professionnellement (ce qui est tout de même le cœur de notre métier) et même personnellement.

Et, là j'ai su que j'étais sur la bonne voie, que ce projet de départ me correspondait. Il fallait que je parte. Il me fallait un tournant. Il fallait que je décide. Il fallait que je redevienne actrice de ma vie.

Malgré mes appréhensions, mes proches, famille et amis, n'ont absolument pas été surpris et même soulagés pour certains, qu'enfin je reprenne le dessus. J'ai, une nouvelle fois, reçu soutien et encouragement.

Septembre 2020

Alors, j'ai quitté mon appartement, vendu ou laissé la moitié de mes meubles (du superflu) et vendu ma voiture.

J'étais sans logement, sans moyen de locomotion et sans emploi et pourtant moi l'anxieuse, l'organisatrice, la prévoyante que je suis, je me sentais libre !!!

J'entendais :

-Tu es radieuse, rayonnante, ce projet t’épanouit avant même que tu ne partes.

La page allait être tournée, cette terrible page. Le deuil terminé ? Je ne sais pas mais ta mort acceptée et digérée, je vis avec et j’en suis plus forte.

Cinq ans et deux mois après

Me voici à La Réunion depuis quelques mois.

Je suis là où je dois être. Indescriptible comme sentiment mais je suis bien. Quand je me regarde dans le miroir je sais que je suis à l'écoute de moi-même. Vous devez vous dire : ça y est, elle divague.

Je change de logement sans cesse, je recherche un nouvel emploi tous les mois et j'adore certainement parce que je sais que c'est pendant une période donnée. Je recherche tout sauf à être éducatrice. Serveuse c'est bien aussi, on peut oublier de mettre une fourchette, sans être empêcher de dormir.

En voyage ou même dans la vie de tous les jours, on se construit sans cesse. Il faut lâcher prise et s'ouvrir pour se nourrir des rencontres que l'on fait, des personnes avec qui on échange.

La belle Maria, à qui je parlais sur un réseau social quatre mois avant le début de mon voyage, deviendra ma backpackeuse préférée, ma coloc et amie durant tout mon voyage.

Je rencontre un homme, Rod, dès mon arrivée sur l'île intense. Mais être en couple n'est plus une nécessité ni un besoin. Alors on construit une relation tout en préservant notre espace et notre indépendance. Je me sens bien plus à l'écoute de moi-même, sans attente particulière et ça fonctionne. Alors c'était ça le secret ?

De nombreuses rencontres m'ont permis de découvrir de nouveaux horizons, de nouvelles facettes de ma personnalité, de me découvrir ou peut-être de m'accepter. De lâcher prise.

Je m'enivre de nouveautés comme l'odeur des fleurs de frangipaniers, la douleur et à la fois la beauté des randonnées, des pains macatia, de l'océan. Je me nourris de la tranquillité des Réunionnais, j'apprends à me poser.

Je vis à leur rythme, je prends le temps et alors j'écris, j'écris, j'écris.

Je t'en envoie une autre et cette fois-ci : tu souris. Tu es assise sur ton lit en train de ranger ton ordinateur après avoir passé des heures à écrire.

Tu poses ton ordinateur et l'attrapes. Tu lèves les yeux et souris. Tu me souris, ferme les yeux et une larme coule. Je sais désormais que tu ne me vois pas mais je te le dis : tu me souris droit dans les yeux.

Tu prends ton téléphone et cherche la signification de cette plume blanche avec les bouts grisâtres. Ton visage est à la fois éclatant et serein.

Tu la ranges dans ta boite à bijou avec les deux autres, referme le couvercle et ne dis rien à personne. Qui te croirait ? Pourtant…

Puis, un homme te rejoint. Il te regarde avec tendresse. Tu te retournes, lui souris et il t'enlace.

Je suis heureux pour toi.

Fin décembre 2020

Je décolle pour Mayotte.

Seule.

Quelle sensation excitante. Je me sens sereine et apaisée. Mon sac à dos est mon meilleur ami.

Dans la salle d'embarquement, je m'assieds et regarde l'avion. J'y suis. « *Tu voulais être bousculée ? Être complètement seule ? Tu y es* ». Voilà ce que je me dis, voilà ce que je ressens.

Je suis tellement plongée dans mes pensées, centrée sur mes ressentis, que je ne vois pas que la salle se remplit. Quand je reviens à la réalité, je fais un mouvement de recul m'apercevant que des tas d'enfants m'entourent. Tous habillés avec leur uniforme rouge et blanc, tous excités de prendre l'avion. Comme moi.

Je souris et une larme coule. Une larme de bonheur et de concrétisation. Par réflexe, je lève les yeux au ciel et souris. Je souris parce que je trouve cela ridicule de lever les yeux au ciel comme si j'allais voir quelque chose.

Aujourd'hui, où tout est beaucoup plus clair.

Épanouie serait le mot adéquat. A l'écoute de mes émotions, une tâche quotidienne qui devient presque systématique.

Une demande de rupture conventionnelle actée. Une décision bien pensée et surtout en cohérence et cohésion avec mon cheminement. En parallèle, un bilan de compétences bien entamé. Il m'a fallu du temps pour le mettre en place puis un jour, j'ai pris la décision.

Je suis la seule actrice de mes décisions et si je m'écoute tout se déroulera sans embûche. A moi, la vie, les rencontres, les galères, les opportunités... !!!! A bien y réfléchir, j'ai grandi et je comprends que je vis ma vie. J'ai choisi ma direction alors Paris sera la prochaine étape.

« La vie est trop courte » entend-on. J'ai alors décidé de ne plus la subir.

Les tragédies de ma vie sont devenues des énergies, des moteurs. J'en suis actrice.

Ce n'est pas du renoncement mais de la résilience.

Tu as terminé de nous raconter, tu as terminé de m'attendre.

Les plumes actent la fin.

Tu souris maintenant.

Vis Magda !

Remerciements :

Ce livre n'a pas de but précis si ce n'est remercier mes proches. Mais aussi un besoin d'écrire, de poser sur papier mes ressentis. Un combat comme nous en affrontons tous.

Au début, j'ai essayé de m'accorder des temps d'écrit mais rien ne venait alors j'ai changé de stratégie, j'écrivais quand j'en ressentais le besoin. Parfois, il y avait des mois et des mois sans que rien ne se passe. L'écrit restait en silence. Je maturais certainement. Puis parfois, la nuit je me réveillais.

Cela commençait à ressembler à un quelque chose, à prendre forme alors j'en ai parlé autour de moi, à mes ami(e)s, ma famille et des connaissances. Avec surprise, tout le monde m'a encouragé.

Des passages ont été douloureux à écrire, à créer, à romancer mais ça a été surtout un réel plaisir. Laisser exprimer son imagination et à contrario narrer la réalité est stimulant. Une première expérience avec l'écrit d'un livre prenant et passionnant.

Je tiens à remercier plus particulièrement Olivier et Nathalie qui ont été patients quant aux nombreuses relectures, totalement partis prenants des avancées et surtout des guides pour l'écriture de cette autofiction.

Je remercie, Claude, une amie de ma mère, qui a pris du temps pour me relire, me corriger mais aussi m'encourager à le publier.

Je n'oublie pas Aliénor, mon amie qui a réalisé une superbe couverture en peinture d'après mes demandes. Elle est très représentative de mes souhaits, je vous laisse y voir ce que vous voulez. Et un grand merci à sa sœur Astrid et son beau-frère Thomas pour l'avoir convertie en image PDF.

Puisqu'elle a insisté pour être remercier de m'avoir supportée juste avant la sortie de ce livre, je la cite dans cette partie, ma mère. Merci pour tes retours et d'avoir corriger les dernières coquilles.

Merci à Rudy pour sa grande patience dans mes moments d'écrits et de crises de nerfs face au logiciel qui m'a rendu folle.

Un grand merci à vous tous pour votre patience et soutien.

Printed in Poland
by Amazon Fulfillment
Poland Sp. z o.o., Wrocław

74753810R00083